伝記小説

渋沢栄一

財界のフロンティア

山田克郎

春陽堂書店

伝記小説 渋沢栄一　財界のフロンティア

姉はからだがひ弱くて、よく病気にかかる。それには、

「祈禱《きとう》が一番ですよ」

と、すすめる人があって、母は祈禱師を呼んだ。

姉の頭上に御幣《ごへい》を打ち振り、打ち振り、なにか口の中でブツブツ祈っていた祈禱師は、

「井戸の神がたたっている」

と、いう。

「井戸には神さまがいるんか？」

七歳の栄一がきいた。

「いるとも」

祈禱師は横柄《おうへい》に答えた。

「かまどにはかまどの神があり、便所には便所の神様がいる」

「なんで神さまがいるんじゃ？」

「それぞれのところに神様がおって、家を守っておるのじゃ」

「家を守ってくださる神さまが、なんでたたりをするんじゃ」

ぐっと祈禱師はつまってしまった。

「おまえにはいたずらギツネがついとるぞ。わしをバカにしくさって」

おこって、祈禱師は帰ってしまった。


利根川《とねがわ》がゆるやかに流れている。

わずか五、六十戸のその村に、渋沢姓が十七軒もあった。かれの家は中の家と呼ばれ、他の家は東の家、西の家、前の家などと呼ばれていた。

もちろん農家であったが、かれの家では藍玉《あいだま》を作っていた。

それを作るには、納屋にムシロをしいて藍葉を積み重ね、水をかけてまたムシロをかけておく。六十日もそうしておいてからアクをいれ、臼《うす》でつくと黒いもちみたいにねばったものができる。それをタドンぐらいに丸めたものが藍玉であって、じょうずにできた藍玉は色がよく染まるので、高く売れる。

かれの家でも藍葉を作っていたが、それだけでは足りないので、近在へ買いに行く。

十四歳のときかれは祖父に従って、買いつけに出かけた。

この祖父はもうもうろくしているうえに、顔にコブがあるので、みんなから「コブじいさん」と呼ばれている。栄一はそんなじいさんといっしょに行くのはいやだったので、うまくごまかし、別の道を選んだ。

一軒の農家へ行き、そこに積んである藍葉を手にとって、

「これはよくできている」

と、ほめた。それからまた他の藍葉にふれながら、

「この葉は乾燥がまだじゅうぶんじゃない」

「これは肥料がたりん」

「惜しいなあ、下葉があがっている」

などつぶやいている。

「おまえさん、藍葉のよしあしがわかるのかね」

「わかるとも。わしは中の家のせがれじゃもん」

「なるほど、道理でくわしいはずだ」

と、かれの言い値どおりで売ってくれた。

買いつけが終わると、かれは藍葉を売ってくれた人を全部家に招待し、上葉を作った人から順に上座にすえたので、

「来年はおらが上座にすわるべえ」

「なァに、やっぱりこのおらだ」

と、そんなことを言い合いながら、かれらは楽しそうに酒をくみかわした。


父が江戸見物に連れていってくれた。

叔父《おじ》の保右衛門《やすえもん》と町を歩いているうち、お城の桔梗門《ききょうもん》に出た。そろそろ京都では、勤皇の志士があばれだしていたころである。珍しいので中をのぞいていると、中間《ちゅうげん》が出てきて、

「怪しいやつだ」

と、中へひきずりこみ、ふたりを物置きにとじこめた。栄一はふところから金をとりだし、中間につかませると、

「そうか、話のわかるやつだな」

といって、許してくれた。


初秋のある日、三人の名主のもとへ、代官所から呼び出し状が届いた。

父の代理で栄一は、他の名主とともに、代官所へおもむいた。どうせろくなことはあるまい。

案の定、お姫さまの婚礼があるので、各自五百両ずつ出すようにというお達しである。

「ありがとうございます」

他のふたりの名主はすぐに受けたが、栄一は黙っている。

「そのほうは不服か」

「わたしは父の代理で参ったのですから、家へ帰って父に知らせたうえ、お答えします」

「そのほうは、何歳だ」

「十七歳です」

「十七歳にもなり、父の名代で来ていながら、即答できぬか」

「ひと口に五百両とおっしゃいますが、五百両といえば大金でございます。わたしの家にそれだけの金があるものかどうか、わたしにはわからないので、即答できないのでございます」

精いっぱいの反抗であった。

栄一はムカムカしていた。

この春にも、お城の修理のために、御用金を言いつけられている。これまでに用だてた御用金を合計すると、千両を越えるだろう。

かれは、意地になっていた。

「ともかく、家に帰り、父の意向をただしたうえで、ご返事に参ります」

とうとうそれで押し通して、家へ帰ってきた。父にそのことを話すと、

「なぜ、その場でお請けしなかった」

と、父は苦りきった。

「どうせお請けしなければならぬことだ」

父は代官のきげんをそこねたことを、憂えているのである。

「なんだか話を聞いているうちに、腹がたってきたのです。自分たちはぜいたくに暮らしながら、金が必要になると、御用金といってわれわれからとりあげる。こんな理不尽なことがありますか」

「それを言いたててみたところではじまらぬ。おまえはこの家を継ぐべき者だ。それがそんな圭角《けいかく》のある態度をとっては、あとが思いやられる。なにごともがまんして家を守らねばならぬ」

「しかし、あんなくだらぬ男が、いばり返っている。もし金がほしければ、頭をさげて借りにくるのが当然でしょう。――いばって、おどかして、まるでこちらが人間ではないような……」

「おまえには手をやくのう」

「侍はどんな無理難題でもふっかけてくる。百姓はただ恐れている。こんなバカげたこと

はないじゃありませんか」

「栄一」

父は、ひざをあらためた。

「御用金を言いつけられて、だれが喜ぶ者がいる？　みんなくやしいと思っている。だが、家を守るには、それに従うよりない。いずれ従わねばならぬのなら、その場でお請けしたほうが潔い。――そうではないか」


栄一は、相手の人物を見抜くのがうまかった。それは天性的なものであって、かれの悲劇的な性格であった。

それだけに、バカなやつにいばられると、むしずが走るほど腹がたった。かれは封建社会では、もっとも住みにくい性格の持ち主であったのである。

そのかわり、たとえ自分の敵であっても、「この男は使える」と思うと、憎しみを忘れてほれこんでしまう。その反面、使えない人間には目もくれないという欠点があった。

そのため、のちにかれが財界の大物となったときでも、腹心の部下という者がなかった。かれに恩義を感じている者は無数にいたが、かれのためなら命を投げだしてもいい、という者はなかった……栄一自身、それで満足していた。かれにはボスになろうという気はまるでなかった。

人間の性格というものは、不思議なものである。

栄一はなろうと思えば、三井、三菱《みつびし》に匹敵する財閥になれたろうし、政治に首をつっこめば、大蔵大臣になることもできた（かれが断わったために、井上内閣は流産している）。

福沢諭吉は「天は人の上に人を作らず」といって、人間の平等を説き、徳川時代の階級制度を打ち破って明治の新風をもたらしたが、栄一の場合はちょっと違う。

人間は平等にちがいないが、その才能によって優劣があり、とくにかれはすぐれた才能を持つ者にはよわかった。


いまの世はまちがっている。——栄一は、そう信じた。

さっそく、そのことを手紙に書いて、江戸へ遊学している叔父の新五郎に、自分の疑いをただした。

すると、新五郎から返事がとどいて、

「おまえのいうことは正しい。この階級制度をなくすためには、徳川幕府を打たねばならぬ。江戸にはいま天下の志士が集まって、そのことを論じている。おまえも江戸へやってくるがいい」

と、書かれていた。

栄一の血はおどった。自分が疑問に思っていたことを、多くの志士たちがとりあげて問題にしていることがうれしかったのである。

「自分はまちがっていなかった」

江戸へ行けば、そうした同志たちに会うことができる。その人たちに会って、いっそう自分の考えを確かなものとしたい。

一刻も早く、かれは江戸へ出たくなった。

秋もすぎて農閑期になると、栄一は父に願い出た。

「しばらく江戸へ出てみたいのですが」

「そうか、また桔梗門をのぞきたくなったか」

そういって、父は笑った。父は栄一の胸の中に燃えているものを読みとることができなかった。

「わしもちょうど用向きがあって、江戸へ出なければならぬ。おまえがいっしょについていってくれると心強い」

商人の父は、大金を持っていくので、途中、ゴマのハエなどにねらわれやすいのであった。

父と子でさまざまのことを話しあいながらの旅は、親子の間がらを、いっそう親密なものにさせた。栄一はこの父が好きであった。

商人としての世渡りのことなど、家にいてはあまり話さないようなことを父は教える。人間の生きていく人生が、どんなに奥深いものであるか、栄一は知ることができた。

「肩をもみましょう」

宿に着くと、栄一は父の肩をもみ、いっしょにふろにはいって背中を流してやる。うっとりと父は目をつむっている。いかにも幸福そうな顔である。

「いつまでも長生きをしていてほしい」

栄一は、そう思う。

江戸へ出てくると、さっそく栄一は、新五郎をたずねた。

新五郎は、水戸学派に傾倒していた。当時のもっとも新しい思想で、青年たちをとらえていた。

ペリーと開港条約をむすんだ幕府を、新五郎は痛烈に非難した。

「開港して外国と通商条約を結ぶのはいいが、威嚇されてかれらと手を結ぶのは、城下の誓いをするにひとしい。こんな汚辱がまたとあろうか?」

日本に戦う力があってこそ、真の和親は結べるが、それなくして結ぶ和親は、屈従だ。

どうして神州の人間にそんなことができよう。

開国をゆるした幕府は国賊であり、鎖国を主張した水戸派は、神州の精華を発揮した忠臣である。

と、その語気は鋭い。

青年はつねに敏感である。眠っていた栄一の目がさめた。かれは新五郎の意見にすべて同感であった。

もっと江戸にいたかったが、そのときはわずか二、三日で、父に従って村へ帰ってきた。栄一は、また江戸へ出たくてたまらない。いまの幕府は、根底から揺れている。それを栄一は、江戸でじかに、自分の目で見てきたのである。

かれはいなか代官の横暴さに腹をたてたが、もはやそんなことではない。幕府自身がゆすぶられている。封建体制は、崩壊しようとしている。

それを考えると、かれの血はおどった。

『水滸伝《すいこでん》』の愛読者であった栄一は、自分の家を梁山泊《りょうざんぱく》と称し、同志を集め、江戸からやってくる儒者や剣客に天下の大勢を聞き、大いに国事を論じる青年になっていた。

栄一の母はのんびりとした性質で、そんな栄一を見ても、かえってわが子の成長に目を細めるというふうであったが、父はひそかに憂慮していた。

すると、また栄一が、江戸へ出たいと申し出た。

「いいたくないので、抑えていたが」

と、父はお説教を始めた。

「このごろのおまえの行ないを見るに、書物を読んだり、人と議論ばかりして、商売を忘れている。人間は分を守ることを忘れてはならぬ。おまえもせっかく商売ができるようになったのだから、わしを助けてくれなくては困る」

「わたしは商売が好きですから、商売は熱心にやりますが、これから世の中はどんどん変わっていくので、それに対処した商売をやらないと、いつまでも同じことをやっていたのでは、世の中に遅れてしまいます」

栄一はなんとかうまいことをいって、丸めこもうとする。ふむ、と、父は考えこんだ。

黒船がやってきてから天下が騒がしくなり、世の中が揺れ動いていることは、父にもわかっている。じっさい、これから世の中は、急テンポで変わっていくかもしれない。

「豊臣秀吉《とよとみひでよし》は百姓あがりで天下をとったし、漢の高祖は低い身分から起こってシナ四百余州の帝王となったではありませんか。

わたしは別に天下国家に野心はありませんが、天下の大商人になりたいと思っています。それには、ひとりでも多く天下の士と交わっておくほうが得策だと思います」

「わたしは栄一の考えも悪くはないと思います」

母が助け舟を出してくれた。

「いまのままでは、いつまでたってもこの村の名主にすぎませんからね」

「長い間ではありません。農閑期の冬の間だけでいいんです。春になれば、またもどってきて、商売に励みます」

「それはいいがの」

いささか父は押しきられた形で、

「おまえ、結婚してくれんか」

「結婚ですか」

「そうだ。おかあさんとも話して決めたことだが、尾高《おだか》の千代さんな、おまえも幼なじみでよく遊んだ仲だ。あの人はどうだ」

「千代さんですか」

栄一は、赤くなった。父のいうとおり幼なじみで、よく遊んだ仲であり、いま江戸にいる新五郎の妹である。

「考えてみます」

「千代と結婚するというのなら、江戸へ出してやってもよい」

「それじゃ結婚します。しかし、わたしが江戸から帰ってきてからにしてください」

「それでよかろう」

話は決まった。


江戸へ出てきた栄一は、新五郎と深い交わりを重ねながら、海保漁村《かいほぎょそん》の塾にいり、お玉ガ池の千葉道場に入門した。しかし、かれは学をまなんだり、剣にはげむのが目的ではなかった。そこへ集まってくる若者たちと議論をするのが好きであった。新五郎は、かれが自分の妹と結婚することを知って、かれを弟のようによくめんどうを見てくれた。

ある日、新五郎と浅草へ遊びに行くと、仲見世《なかみせ》でふたりの西洋人が買い物をしていた。

「やろうか」

と、栄一は目くばせした。

「つまらぬことはよせ」

新五郎が制した。

栄一はふたりを切りたくて、むずむずした。かれは熱烈な攘夷《じょうい》論者になっていたのである。

国事を論じる若者たちは、みんなじっとしていられぬ気持ちだった。日本を救うために何かしなければならぬ。青年たちというものは、はやりだすとだんだん議論がエスカレートし、何かしなければおさまらなくなる。

新五郎の弟に、長七郎《ちょうしちろう》という者がいた。やはり江戸へ出てきて志士と交わっていたが、どちらかといえば学者はだの兄と違って、先鋭な実行型であった。

ある日やってきて、大老の安藤対馬守《あんどうつしまのかみ》を襲う計画のあることを告げた。

「バカなことはやめろ」

新五郎は、いさめた。

「先日、栄一と浅草へ行ったが、たまたま居合わせていた外人を見て、栄一のやつ、切ろうといってきかぬ。わしはなだめて連れ帰ってきたが、わしがいなければ、栄一のやつ、やったかもしれぬ。

毛唐のひとりやふたり切ったところで、逃げてしまえばそれですむかもしれぬが、大老を襲ったとなると、そうはいかぬ。もし、目的を達したとしても、幕府が開国と定めている以上、第二、第三の安藤が出てくることになろう。そうではないか。大老になりたいやつは、いくらでもいる。安藤などつまらぬ男だ」

「しかし、もう盟約を結んだのだ」

「幕府も八方に密偵《みってい》をしのばせ、浪士の行動をさぐっているという。もはやその企ては漏れているかもしれぬ」

「そのときはそのときまでのこと」

「つまらぬ意地をたてるな。死に場所はまだこれからいくらもある。おまえはこれからすぐ村へ帰れ」

「そのようなひきょうな……」

「ひきょうではない。大橋にはわたしからあいさつしておこう。わたしが不服ゆえ、おまえをいなかへ帰したと、はっきり断わっておく。そなたひとりでは心もとないゆえ、栄一とともに村へ帰れ」

さすが新五郎の目は高かった。密告する者があって、それから日ならずして首謀者の大橋は捕えられ、残りの同志は正月元日、安藤対馬守を襲ったが、失敗した。

新五郎の説得で、長七郎は栄一に付き添われ、村に帰ってきていたが、正月が過ぎるとまた江戸の同志の動静が気になって、江戸へもどっていった。

ちょうどひと足違いで、捕吏がかれの家へやってきたのである。

それを聞くと、すぐ栄一は長七郎のあとを追った。

熊谷《くまがや》の宿に着くと、ちょうど夜が明けかかっていた。まだ寝静まっている家並みの中に、一軒だけあかりのついている宿がある。

見ると、長七郎がわらじのひもを結んでいた。

「よかった。おぬしを捜しに来たのだ」

「何かあったのか」

「ともかく、表へ出よう」

捕吏がかれの家へやってきたことを告げた。

「江戸の同志の企てが、失敗したものにちがいない。このまま江戸へ行けば捕縛される。しばらくどこかに身を隠すがよい」

ふたりは相談の末、しばらく長七郎は信州へのがれることにした。そこには千葉道場にいた剣客、木内芳軒がいる。

栄一は長七郎を、妻沼《めぬま》まで送っていった。


江戸へ遊学に出るとき、こんど帰ってきたら千代と結婚するという父との約束があったため、新しい年を迎えると、ふたりは結婚させられた。

栄一十九歳。新婦は十八歳。

天下国家に心の走っている栄一には、妻などむしろ重荷であったが、かれは千代がきらいではなかった。千代の兄である新五郎、長七郎は、かれの師であり、同志であり、親友である。しかも、千代とは幼いころいっしょに遊んだ思い出もある。色の白い、気のやさしい女で、ふたりはいとこどうしであった。

だが、思想に目ざめた青年の心をとらえるものは、妻ではなく、家庭でもなかった。父は、かれに妻を与え、暖かい家庭を築かせて、かれの心を鈍らせようと図ったのであるが……。

しかし、どちらかといえば、栄一は女がきらいなほうではなかった。のちに出世したとき、いつでもかれはめかけを三人ばかり持っていた。そして、宴会の帰りそこへ寄って帰ってくると、日記に「今夜は友人宅に寄りて帰る」としたためていたそうである。

かれは千代を愛した。愛したというよりも、むしろ熱愛していた。家庭は暖かく、子どもが生まれた。

栄一の特色は、働くことが好きでたまらないということである。生涯《しょうがい》を通じて、かれほどよく働いた人間は少なかろう。寸暇を惜しんで働くのである。そして、それをささえるだけの頑健《がんけん》なからだを持っていた。「渋沢栄一」——というかれ自身を産みだしたものは、この頑健さであった。いくら働いても、疲れることを知らない。日本財界の大御所とまでいわれるようになったのは、この強健なからだのためであった。

目の回るような忙しい毎日を送りながら、なお「友人のところ」へちょっと寄ってくるのだから、その絶倫さはあきれるよりない。

だが、それはのちのことであって、このころはただ働くばかり。父にとっては孝行むすこであり、千代にとっては頼もしい夫であった。

栄一もそれは自分で知っていた。

「商売はうまい、金もうけはうまい、夜は女房をかわいがることしか知らん。こんないい亭主《ていしゅ》はどこにもおらんなあ」

と、よくそんな冗談で、千代にいばってみせた。

千代は実際そのことばのとおりだと思っている。そして、それがいつまでも続くものだと、単純に信じこんでいる。

が、栄一は、ひそかに恐れている。この平和がいつまで続くのかと……それは破れやすい平和であった。かれ自身の胸のうちに、火が燃えているのである。

それでも、その幸福に満ちた家庭は、三年めを迎えていた。

若い父親にとって、妻ほど良いものはなく、子どもほどこの世の宝はない。妻と、子どもと、自分と――この三位一体の小さい世界。これこそ、この世の楽園である。

「栄一のやつ、このごろすっかりおちついたようだの」

父は栄一が自分の思いどおりになったことを喜んでいた。

「そうですね、このごろはあまり議論もしないようです。たずねてくる人は、まえより多いくらいですが」

「一時はどうなるかと心配したが、長七郎のところへ追っ手がやってきてから、急におとなしくなった。やっぱり、牢屋《ろうや》がこわいのだろう」

「まして、千代さんというよい嫁や、子どもがあってはな」

「道で人に会うたびに、いいむすこさんを持ったと、栄一のことをほめられる。わしはうれしゅうてな」

「ほんとに、このままなにごとも起こらねばよいのですがね」

が、そんな平和な時代ではなかった。日本全国が地獄の釜《かま》の底のように揺れ動いていたのである。

そして、また代官所から呼び出し状が届いた。

栄一の顔色が変わった。

まえに代官とひと悶着《もんちゃく》あったことを知っている父は、

「あすはわしが行こう」

といったが、

「いいえ、わたしが行ってきます。わたしも代官を相手にけんかしてくるほど、子どもではありません」

と、翌日、他の名主たちといっしょに出むいていった。

代官は、かれを覚えていた。

「また、名代《みょうだい》で参ったのか」

「そうです」

「そなたの父は、よくよく忙しいとみえるの」

「そうではございません。たいせつなお役目ゆえ、跡継ぎのわたしに慣れさせようとしているのでございましょう」

さらりと栄一は、体をかわした。かれはもうすっかりおとなになっていた。こんないないか役人を相手におこってみたところではじまらぬ。かれの目ざすものは天下国家。徳川を倒すことである。そうすれば、こんなこっぱ役人など、吹きとんでしまう。

そのころ近くの北阿賀野村《きたあがのむら》に、桃井儀八《もものいぎはち》という儒者がいた。かれは上州の名族、岩松満次郎（新田義貞《にったよしさだ》の後裔《こうえい》）を主将として、攘夷倒幕の兵をあげる計画をねっていた。

栄一は、その計画に加わった。

かれらはなにかしなければならぬと信じている。なんでもいい。天下の人がアッと驚くようなことをやる。すると、天下の同志はそれを伝え聞いて蜂起《ほうき》するだろう。それが倒幕への足がかりとなる。自分たちは、事を起こしたあと、死んでしまえばいい。そんな考え方であった。

死――若者はそれを恐れない。

革命の幻想におぼれてしまうのである。革命について語っているうちに、自分がそれをやらねばならぬという気持ちになってくる。

それは正しいことであり、その正しいことから逃げるのはひきょうだ、と、悲壮な使命感にとらわれてしまうのである。

第三者にとっては、それはこっけいなことかもしれないし、バカげているかもしれない。しかし、本人自身はおおまじめであり、悲壮な美しさに酔っている。そして、すべての若者は、この悲壮感が大好きで、まるで麻薬でも吸ったように、命なんかなんでもなくなってしまう。

明治以後、日本でプロレタリア革命の波がもっとも高まったのは、昭和六、七年ごろであったろう。思想界も、文学も、演劇も、すべてプロレタリア革命色でぬりつぶされ、学生の大半は左翼となり、共産党は活躍した。

そのころの左翼学生で、あす革命がくると信じていたものは、おそらくひとりもいなかったろう。自分は革命の捨て石になるのだという気持ちであった。これが正しいことだと信じたら、それをしなければいられない、やむにやまれぬ衝撃。――それは一種の狂気であるかもしれない。

自分がやらなければだれがやるのだという使命感、悲壮美、それがかれらを行動に走らせるのである。

若者は単純に信じ、理論よりも先に行動を起こすことが好きである。

昭和十一年に起こった二・二六事件にしても、自分たちがやらねば日本は滅びると信じた若い将校たちの決起したものであり、敵機に体当たりして死んでいった神風特攻隊の若い航空兵たちも、やはりそうした使命感、悲壮感にささえられていたものにちがいない。

全学連の若い人たちも、革命の幻想の中に生きているのであろう。そして、やはり使命感にとらわれ、命なんか捨て去ってかまわぬと思っているのにちがいない。

革命の理論を戦わしているうちに、そうした狂気の世界にエスカレートしてしまうのである。

あとになって考えてみれば、バカなことをしたと思っても、そのときは歴史の進歩のためにやらねばならぬことをやっているのだと信じているのである。

かくすれば
かくなるものと知りながら
やむにやまれぬ大和魂《やまとだましい》
（吉田松陰《よしだしょういん》）

この境地である。

後年、福徳円満とその人格をたたえられた栄一も、若いときには、そんな無謀な計画に加わるほど、血の気の多い青年であった。

そして、すでにこのとき、幕府はもう自壊しかかっていた。徳川幕府の存在を根底からゆすぶる経済の変動期が訪れていたのである。

これまでの封建制度は、土に依存していた。百姓の作る米が、武士の生活の基盤になっていた。

だから、米が経済の主体であって、たとえば加賀の殿様は百万石、高松藩は二十四万石といったぐあいに、米のとれ高によって評価される。

士農工商――といわれていた。いちばん偉いのが士で、次は農民。商人はもっとも卑しいものとされていた。というのは、まだ商人の力が弱かったためで、その後商人は財力をたくわえ、力を増してきた。形だけは今までのとおりであったが、もはや武士の世の中ではなく、商人の世の中になってきた。経済の主体は、米ではなく、貨幣に移ってきた。

武士でも、殿様でも、商人に借金のないものはひとりもいないといったありさまである。もはや武士の存在価値はなくなり、商人の世の中。いってみれば、殻《から》の中で育ったセミが、殻を破って出てくるように、封建制度は滅びて、資本主義社会になる過程を迎えていたのである。

もちろん、栄一はそうしたことは知らなかったにちがいない。が、膚でそれを感じていたろう。

民衆の感覚は、鋭敏である。

「徳川幕府は滅びる」

その感覚は正しかった。

かれらの計画は、上州、高崎城《たかさきじょう》の乗っ取りである。深夜、ちょうちんを手にした百姓に化けた同志が、

「お願いがござります」

と訴え、門番が門をひらくや乱入し、城を攻めおとす。

城をとったら、尊王攘夷《じょうい》を天下に号令し、同志を集め、鎌倉街道《かまくらかいどう》を押し進んで横浜に向かい、異人館を焼きはらって、夷人《いじん》をみな殺しにするというものであった。

こんな事件が起こったら、当然、幕府は諸外国との戦争にまきこまれるだろう。それを機会に、全国の同志が立って幕府を倒す。

なんとも威勢のいい計画であったが……。

栄一は江戸へ出て、この計画を新五郎に話した。

ちょうど江戸では、井伊《いい》大老が登城の途中、桜田門で水戸の浪士たちに襲われ、首をはねられるという事件が起こって、志士たちの血をわかせていた。

新五郎はどちらかというと学者はだの穏健派であったので、反対されるのではないかと栄一はあやぶんでいた。

話を聞き終わると、新五郎はうなずいて、

「参加しよう」

と、いってくれた。

「いまは座しているときではない。事を起こして、幕府のひざをゆすぶらねばならぬ。だれかが何かをすることによって、そのたびに天下の同志が立ち上がってくる。わたしも潔く捨て石となろう。机上の学問はもうたくさんだ」

栄一は、ホッとした。自分がほめられたようにうれしかった。

「おれは、あんたがきっと反対すると思っていた」

「なぜだ」

「おれはあんたの妹の亭主だ。そのおれが死ぬことを考えている。きっとあんたは反対するじゃろうと……」

「バカをいうな。天下国家を論じるおりに、肉親など……千代の前にすでに、おまえは両親を捨てているではないか」

栄一は、両親のことなどまるで考えていなかったことに気づいた。

「そのとおりだ。共に死のう。あんたといっしょに死ねるのはうれしい」

ふたりは、手を握り合った。

新五郎は栄一と連れだって、村へ帰ってきた。

栄一は百万の味方を得たようりうれしい。

「おもどりなさいませ」

栄一の家へ立ちよった新五郎を、妹の千代が迎えた。

「お疲れでございましょう」

「千代、子どもが生まれたそうじゃの」

「はい」

「もうすっかり女房《にょうぼう》ぶりが板についているの。栄一もそなたが気にいっているようだ」

「そのような……」

からかわれて、千代は奥へ逃げこんでしまった。まだういういしい新妻《にいづま》ぶりが失われていない。この妻をよく捨てる気になったものだと、改めて新五郎は栄一の覚悟の深さに感じいった。

栄一の父は、新五郎の帰ってきたことに、なんとなく不吉なものをおぼえていた。栄一の態度が、これまでと打って変わって明るくなっていたのである。

じっさい、栄一は、新五郎の参加によって、もうすべて事は成就したような気になっていた。

「長七郎にもこのことを知らせ、参加してもらおうではないか」

「さようじゃの。わしが書簡を書こう」

長七郎は、あれから京都へ行っている。血の気の多いかれのことだから、喜んで飛んで帰ってくるにちがいない。

栄一にとってはやはりいとこである喜作《きさく》も、この企てに参加し、千葉道場から真田《さなだ》範之《はんの》介《すけ》、中村三平などがやってきて、同志は六十九人となった。

青淵《せいえん》回顧録の中で、栄一は次のように述べている。

『討幕の義挙――わたしどもはこの企てをこういいあったものであるが、公平に考えると義挙ではなく、むしろ暴挙であったろう。

議がまとまると、極秘裏に同志をつのった。血をすすり合ってこの企てに加盟した血気の同志は、総勢六十九人であった。

わずか六十九人の同志で、衰えたりといえども天下に号令する徳川幕府をくつがえそうというのだから、まったく正気のさたでないが、当時のわれわれにとっては、じゅうぶんの成算があったのである。いや、成算ではない。成算があるとうぬぼれていたのである。あっぱれ天下の志士をもって任じていたわれわれは、もちろん生死の問題などは眼中にない。同志の意気は、じつに天に冲《ちゅう》するものであった』

ハイジャック事件を起こしたり、自衛隊員を殺したりする全学連の徒と、どこか似ているのではなかろうか?


利根川べりの回漕《かいそう》問屋から、新五郎あてに雑穀のこも包みがとどく。新五郎はさしずして、それを土蔵の中へしまいこむ。中身は雑穀ではなく、大小の太刀《たち》、槍《やり》、鎖かたびら、焼き玉、高張りちょうちんなどで、その費用はすべて栄一が受け持っていた。

いよいよ、決行の日は、十一月三日ときまった。この日は冬至で、一陽来復するというめでたい日なので、この日を選んだのであった。

栄一はよそながら父の元助に別れを惜しみたいと思い、月見の宴をひらいた。昔はどこでも月見の宴をやったものである。

客として尾高新五郎、喜作をよんでいる。明け放した窓からさしこんでくる月の光は明るく、田園のながめは一段と風趣をそえている。

元助を中心に三人、車座になって飲んでいるが、みんな腹に一物があるので、話がはずまない。

元助が俳句の話などもちだした。すると、新五郎が、

「叔父さんの若かったころは、世の中がおだやかだったのです。いまのように切迫した世の中になってくると、とても俳句などひねる境地にはなれません」

「そのとおりです」

と、栄一はあいづちをうつ。

「まさに乱世です。百姓だからといって、うかうかしていられないときがきました」

こうして、話の糸口がほぐれた。

「いまの日本をこのままにしておくと、どうなるかわかりません。幕府のやりかたは、心

配で見ていられません。われわれ若い者は、ぐずぐずしていられません」

「しかし」

と、父はさえぎって、

「家がだいじか、国家がだいじか、よく考えなければならぬ。国がたいせつであることはもちろんだが、百姓と生まれた以上、家を捨てるのはまちがいだ。国のことは心配しないでいいというのではないが、百姓がみんな土地を離れてしまったら、それこそ、日本はどうなる」

「しかし、百姓も男子です。やらねばならぬときがあります」

「叔父さん」

と、新五郎も喜作も、口をはさんで栄一を助けようとする。

三人の顔をじっとながめていた元助は、

「先ほどからの様子では、おまえたちはなにか心に秘めているらしい。わしに何をしてもらいたいというのだ」

栄一は、ひざをのりだした。

「勘当していただきたいのです」

「なに」

「父上に迷惑のかからぬよう、自由の身になって、天下国家のことを考えたいのです」

「そこまで考えているのか」

父は瞑目《めいもく》していたが、やがてうなずき、

「わしがいやだといえば、おまえは出奔するだろう。それでは世間が怪しむ。おまえたちの計画に水をさすことになるやもしれぬ。もはや、かってにするがいい。

家のことは心配するな。おれも十歳ぐらい若返って、働くことにしよう。きょうまでおれは、孝行というものは子どもがするものとばかり思っていたが、そうではないことが、よくわかった」

「わたしも家にとどまって親孝行をしたいのですが、日本の男子としてやらねばならぬことがあります」

「もうよかろう。好きにやるがいい」

月見の宴が終わると、栄一は千代のところへやってきて、

「ただいま父にお願いして、わしは勘当してもらった」

「なぜです?」

「わしにはどうしてもしなければならぬことがあって、この家を継ぐことができぬ。かってな言いぶんだが、おまえはおれの分まで、両親に孝養をつくしてもらいたい」

栄一が自分の兄の新五郎となにか事を図っていることは、千代もかねがね気づいていた。

「ご無事でいられるように、お祈りするばかりです」

「わしはどこにおっても、命のあるかぎり、そなたを愛している。愛していても、それを捨てなさねばならぬことがあるのだ」

千代はこの家へ嫁にきてから、ずっと幸福であった。栄一は自分を愛してくれたし、子どもにも優しく、よく働いてくれた。が、兄たちといつも議論し合っている姿を見ると、いつかこの日の来ることが、千代にはわかっていた。

「あなたがいらっしゃらなくても、ご両親はわたしがお守りします」

かねて、新五郎は京都にいる長七郎に、企てを知らしてあったが、いよいよ決行の日が近づいてきたので、長七郎の帰りを促した。

十月の末に長七郎が帰ってきたので、その歓迎会ということで、新五郎の家へ栄一、喜作、中村三平などが集まった。

学者はだの新五郎と違って、行動派の長七郎であったので、みんなはかれが率先して威勢のいい議論を吐くものと期待していた。

すると、意外――。

「わたしは兄からこの企てを聞かされ、潔く同志のひとりに加えてもらったが、その後天下の大勢を見るに、まだ時期尚早だと思う」

と、長七郎は反対を申し出たのであった。

「なに！」

思いがけぬことばに、栄一はいきりたった。

「この企てに、反対だというのか」

「そうだ」

「われわれを裏切るというか」

「聞いてくれ」

と、長七郎はいきりたつ栄一を制して、

「きみたちのやむにやまれぬ気持ちはわかる。しかし、聞いてくれ。まえに、おれは江戸で安藤大老を暗殺する計画をたて、兄の新五郎に制せられて、ようやく今日まで命長らえてきた。

京都へ行って多くの同志たちと交わるにつれ、わたしの学んだことは、かれらは軽挙妄《もう》動《どう》をせぬということだ。百人、千人の力ぐらいでは動こうとしない。たった百人、千人では、烏《う》合《ごう》の衆にすぎぬことを知っているためだ」

「それでいいではないか」

栄一はやり返した。

「われわれが立てば、天下の同志が奮いたつ」

「なるほど、高崎城を奪うことは成功するかもしれない。百人、二百人の同志が集まってくるかもしれん。が、何百人集まっても、それは烏合の衆だ」

「たとえ烏合の衆でも幕府にひとあわふかせることができることを、天下に示してやるのだ」

「それは無理だ。まして、横浜まで乗りこんで外国人の居留地を襲撃しようなど、よほど訓練された兵でなければ無理だ。幕兵は弱いかもしれぬが、まだまだ数は多い。横浜へ着くまでに、全員矢折れ、力尽きよう。

かりに居留地焼き討ちが成功するとしても、外国人に口実を与えるのみで、そのために幕府が倒れるとしても、同時に外国人のためにこの国土が汚される結果となるかもしれぬ」

「そんな先のことは、どうでもいい。われわれは幕府を倒す口火となれば、それでいいのだ」

「待て。事を起こすには、時期がある。せっかくの企ても、時期を誤れば、児戯に等しい。天下の大勢を知らずして天下を語り、自分ひとり闊歩《かっぽ》しても、天下の物笑いになるだけだ。

京都の同志たちは、もっと先まで考えている。かれらがいま考えていることは、薩摩《さつま》と長州が手を結ぶことだ。薩摩と長州が手を結んで幕府に当たれば、これより大なる力はあるまい。その力があってこそ、はじめて幕府と対等に戦うことができる。

その力もなく、全国の同志がいたずらに百人、二百人蜂起《ほうき》してみたところで、それですぐつぶれてしまうような幕府ではない。薩長の連合を待て。その連合勢力によってこそ、はじめてわれわれの動きが確実なものとなっていくのだ。

実体もなく、ただ幻影を追って事を起こしても、いたずらに憤死するだけだ。われわれが事を起こしても、まだ全国の同志たちの間には、それを支援するだけの力も組織もない。火なわ銃を一発撃っただけでは、たんぼのスズメでも驚かぬ」

長七郎の言い方は痛烈であったが、さすが本場の京都で鍛えてきただけ、理路整然としている。

しだいに栄一たちの旗色は悪くなっていった。かれらは、自分たちがいかにいなか者で、井の中のカワズであったかを思い知った。

が、といって、いますぐ計画をやめるのもしゃくである。長七郎の理論の正しさはわかっていても、感情的についていけない。ことに、武器の調達にいろいろ苦心してきた栄一は、いまさら引くに引けない気持ちになっている。

「いったん死を決して旗揚げをしようと誓いあったうえは、運を天にまかせて決行あるのみ。もし、ここで他日の機会を見ようなどと弱気を出しては、幕吏にかぎつけられ、なわめの恥をうけるばかりだ。ぜひ決行したい」

「おまえがどうしても決行するというのなら、六十人の命を救うために、おれはおまえを刺す」

「よし、刺すなら刺せ。おれはやめん。すでに父から勘当をうけており、妻にもその旨を明かして、覚悟させている。いまさら思いとどまることはできん」

「きさま、自分の命のたいせつなことがわからんのか。いずれ革命のときがやってくる。そのときまでなぜ待てぬ」

　議論はだんだん繰り返しになってきて、双方ともに疲れが見えてきた。

「とにかく、今夜はこれで打ち切ろう。夜も明けてきた」

　新五郎の提案で、みんなはまた酒を飲み直し、めいめいの家へ帰った。新五郎はこのとき、この企てはやめなければならぬと気づいていた。井伊大老の死によって革命近しという考えになっていたが、長七郎の話を聞いているうちに、そんなに甘いものではないことを悟ったのである。

　家へ帰ってきてからも、栄一は興奮して眠れない。しかし、眠れぬままいろいろ考えているうちに、自分はただ意地を張っているだけで、長七郎の意見が正しいのだということに気づいてきた。

朝食をおえると、すぐ長七郎のもとへ出向いていき、

「よく考えてみると、わしが悪かったようだ。きょうまでそのことばかり考えていたので、面目にとらわれすぎた。きみの意見で、しょせん、わしはいなか者じゃと気づいた。もっと勉強せにゃいかん」

「何かしなければならんというその意気は正しいが、死に急ぐことはない」

「わかった。わしも死にとうて死ぬわけじゃない」

ふたりは、笑いあった。

こうして計画は中止となり、集まっていた同志たちは、ちりぢりに去っていった。そうして計画をやめてしまうと、なんだかキツネがおちたような気持ちになる。

栄一はこっそり武器を処分し、そのあと伊勢《いせ》参宮かたがた京都見物に行くといって、喜作とともに、ひとまず江戸へ旅立った。

なぜ京都へ行くと村人をだまして江戸へ向かったかというと、武器を始末するとき、手違いがあって、役人にかぎつけられてしまったのである。百姓が武器を売買するのはおかしい。しかも、もうとっくに、栄一は注意人物になっている。かれが村を脱け出たと知れば、役人が追ってくるかもしれない。それで、京都へ行くと偽って江戸へ向かったのであ

るが、じっさい、ふたりが村から消えたことを知ると、役人はじだんだ踏んでくやしがったのであった。

武士の姿となって江戸へ出てきたが、江戸では浪人狩りがきびしくて、とてもおちついていられない。

また、村から役人がふたりを追って出府したというたよりも届いている。

「このままではあぶない」

と、喜作がいう。

「早く京都へ立ったほうがよいのではないか」

しかし、ちまたのうわさによると、東海道の各所で、浪人調べが行なわれているという。

栄一は、一計を案じた。

まえにかれが海保漁村の塾《じゅく》に通っていたとき、そこで一橋《ひとつばし》家の用人、平岡円四郎《ひらおかえんしろう》と懇意になった。平岡はかれが気にいって、

「一橋家に仕えてはどうか」

と、すすめてくれた。一橋家は徳川の一門である。討幕を考えている栄一が一橋家に勤めることはできないので、

「わたしは百姓ですので、もっと勉強してからご推挙願います」

と、遠まわしに断わると、

「それでは、きみが仕えたいと思ったら、遠慮なく申し出るがよい」

という話になっていた。

その縁故から平岡を利用しようと栄一は思いついたのである。

ところが、一橋慶喜公《よしのぶこう》（のちの徳川十五代将軍）は禁裏守衛総督となって京都へおもむき、用人の平岡も京都に行っているという。

「困ったことになったの」

「さすがの名案も、あわか」

「やむをえん。ひとつ当たってみよう」

「どういうことだ、それは」

「一橋家の家来に会い、わけを話して頼んでみるのだ。たぶん、うまくはいくまいが……京都へ飛脚を出して、のんびりその返事を待っているわけにはいかぬからの」

一橋家へおもむき、

「かねて平岡さまから仕官をすすめられていましたが、このたび伊勢参宮かたがた京都へ参ろうと思うのですが、途中、浪人に対する詮議《せんぎ》がきびしいと聞きました。京都で平岡氏に会って仕官の儀もあり、平岡氏の家来という名目で行きたいのですが、いかがでござろう」

「平岡殿は京都へおもむくにあたり、渋沢と申す者がたずねてくるやもしれぬ。そのときは、さっそく京都へよこすように、とのことでござった。主人もお喜びになろう」

と、渡りに舟。

でも、栄一にも喜作にも、平岡の家来になろうなどという気はまるでなかった。

無事に京都へ着くと、三条小橋側の茶久という宿屋におちつき、さっそく平岡の屋敷へ出向いて礼をのべたが、仕官のことはわざと知らん顔をしていた。平岡もそれに触れようとしなかった。

すると、困ったことが起こった。

この京都へやってきて、栄一のいちばんの楽しみは、長七郎に会い、多くのすぐれた同志に紹介してもらうことであった。ところが、その肝心の長七郎が、他の同志とともに捕えられてしまったのだという。

「なんとか助けだせぬかの」

「このままでは、われわれが京都へやってきた目的も失われてしまう」

「平岡氏に頼んでみてはどうだ。一橋家の威光をもってすれば、なんとかなるかもしれぬ」

「このうえ平岡氏に迷惑をかけるわけにはいくまい。かれは幕臣、われわれは倒幕の士。お互いに敵どうしなのだ」

かねて栄一はそれを心苦しく思っている。平岡がかれに好意を持ってくれているだけに、心苦しいのである。

が、かれのそでにすがるほか、長七郎を救い出す手段は見つからぬ。苦慮していると、

「急用ができたので、至急、ご来宅願いたい」

と、平岡氏が迎えの者をよこした。こちらは脛《すね》に傷もつ身、ぎくりとなった。しかし、また、考えてみると、ひょっとすると仕官の話かもしれぬ。

「仕官の話だったら、断わったほうがいい」

と、喜作。

「しかし、長七郎のことも考えねばならぬ」

ふたりの命を救ってくれたのは、長七郎である。その長七郎が、いま獄につながれている。できれば平岡の家来になってでも、かれを救ってやりたい。

平岡の屋敷へ行くと、待ちかまえていて、

「きょうはそなたに、すこしただしたいことがある」

と、いつもと様子が違う。

「そなたは伊勢参宮のため京都へ来たのだといわれたが、しかとそのとおりか」

栄一は、覚悟を決めた。

「これまで事情を知っていてわたしたちをかくまったとあっては、あなたさまにいかなるご迷惑がかかるかもしれぬと考え、さし控えておりましたが、きょうはすべてをお話しします」

包み隠さず、きょうまでのことを物語った。

聞き終わると、平岡は別に驚いた様子もなく、一通の書状をかれの前にさし出した。

「いま、そなたが語ったことは、そのままそこに書かれている。そなたは尾高長七郎が捕えられたことを存じておろう」

「つい近ごろ、知ったばかりです」

「その尾高が捕えられたとき、そなたの書状をふところにしていたのだ」

「わたしの?」

「幕府は即刻そなたを召しとろうとしたが、そなたが一橋の家臣であると名のっていることを知って、わたしのところへ問い合わせがあったのだ。

幕府ではすでにそなたたち両人が一橋の臣ではないことを知っている。が、いちおう、大事をとって問い合わせてきたのだ。わたしも、家臣でない者を家臣と偽ることはできぬ。

しかし、家臣でないと答えれば、きょうにもそなたたちは捕縛されてしまう。それで、返事を迷っているのだ」

栄一は、深いため息をついた。

「そなたたちが倒幕のために志を傾ける気持ちもわからぬではない。しかし、倒幕ばかりが能ではない。われわれの考えなければならぬことは、この日本の将来だ。

幕府が不要のものであれば、倒すのもよい。それは、幕府の中にいても、なそうと思えばできる。いまはこのむつかしい時局を静観し、深く洞察《どうさつ》すべきときだ。いたずらに事をはやり、命を軽視してはならぬ。

そなた、一時、一橋に仕えぬか。一橋家の主君、慶喜公は、名君として知られている。この君のために力をつくし、国家の難事に処していく気はないか？　そうすれば、すべて事は丸く納まる」

じっさいそのとおりで、いやだといえば、喜作とともにきょうにでも捕えられてしまう。それではまったくの犬死にである。

「お願いがございます」

「申してみよ」

「もともと、わたしは死を決して事を企てたものであり、死をいとうものではありません。

それを長七郎がわざわざ京都からやってきて、わたしをいさめ、事を放棄させたものでございます。さすれば、かれはわたしの命の恩人です。

いま、かれは捕われています。わたしはかれの命を救ってやりたい。そのためにお力添えいただけますなら、あなたの家来となって犬馬の労もいといませぬ」

平岡は考えていたが、

「事の成否はわからぬ。わからぬが、力を尽くしてみよう」

「ありがとうございます。ご恩は生涯忘れません」

おかしなものである。きのうまでは倒幕に命をかけていたのに、きょうは幕臣となってしまったのである。同志たちからは変節の徒とののしられよう。しかし、栄一は、倒幕の志をすべて投げ捨ててしまったわけではない。

「その必要があれば、幕府の中にあっても、これを倒すことができよう」

そう語った平岡のことばを信じたのである。妙な幕臣であり、平岡もわざわざ妙な男をかかえこんだものである。

宿へ帰ってきて喜作に話すと、喜作はぶんむくれにむくれた。

「おれはいやだ。きのうまで倒幕の志をいだき、天下の志士として働いてきたものが、命惜しさに幕府の禄《ろく》をはむとあっては、世の物笑いだ。この際、潔く腹をかき切って死ぬべきだ」

「われわれふたりが腹をかき切ってどうなる？　長七郎をだれが救うのだ。長七郎の命のために、この際、平岡氏の温情にすがるのだ」

喜作を説きふせるのに時間がかかった。

ようやく同意させ、翌日、相携えて平岡氏を訪れ、

「熟慮の末、お勧めにしたがって一橋家の臣になろうと決心しました。今後、よろしくお取りなし願います」

「よく決心してくれた」

平岡は喜んでその手続きをし、二、三日後には慶喜公にもお目にかかり、正式にふたりは一橋家の家臣となった。

栄一、二十五歳。四石二人扶持《ぶち》で、かれは百姓から侍になったのである。

一橋家に召しかかえられた栄一は、奥口番という低い役がらであったが、その仕事は一橋家の外交をとり扱う役で、禁裏御所に対する接待、堂上公卿《とうしょうくげ》との交際、諸藩の役人との交渉ごとなどで、藩の俊秀な人物を集めていた。

幕臣となったことに抵抗は感じるものの、一橋家を代表する重要な機関の一員となった

栄一は、これまでにない満足をおぼえた。

勤皇浪士で天下国家を論じていたときは、やせ犬が肩をいからせてほえていたようなものだと思えてくる。人間というものは、その地位によって考えも変わってくるものらしい。

栄一も、喜作も、平岡がよくふたりの才能を見こんで取りたててくれるのがうれしかった。

しかし、手当が少ないので、ふたりの生活は貧乏をきわめた。

「そのうちなんとかしよう。しばらくがまんしてほしい」

と、平岡はふたりをなだめる。

長屋を借りて、慣れぬ手で自炊をはじめた。たきそこないの飯、みそしるは湯にとかしただけのものを吸う。それでもいっこう苦にならなかった。ふとんもひとり一枚ずつで、かしわもちになって寝る。

夜になると、ネズミが走りまわる。ふたりはネズミ退治をし、捕えたネズミをつけ焼きにして食った。

ふたりの新しい主人、慶喜公は、幕府から海防の総指揮を命ぜられた。

幕府は兵庫《ひょうご》を開港することに定めたので、万一、外国と争いが生じて戦端を開くときには、大阪《おおさか》の海防がきわめて重要なものになってくる。

そのころ——。

折田要蔵という薩摩の武士がいた。築城学の大家といわれ、幕府から扶持《ふち》をもらっており、二条城で慶喜をはじめ閣老を集めて舌をふるったりしている。この男を一橋で召しかかえようということになった。

しかし、どういう人物なのか、それを調べなければならない。また、ひとつには薩藩の動静を探りたいということもあって、栄一がその塾《じゅく》へはいりこむことになった。

折田は大阪、土佐堀《とさぼり》の旅館にいて、玄関に紫の幔幕《まんまく》をはりめぐらし、そこに筆太に「摂海防御御台場築造御用掛　折田要蔵」と白ぬきにしているようなキザな男である。

塾生はみんな薩摩っぽばかりで、鹿児島《かごしま》弁でしゃべるので、栄一にはチンプンカンプンである。が、折田にとって、栄一はちょうほうな存在であった。というのは、かれの塾生は薩摩っぽばかりだから、どこへ使いを出しても、交渉ごとがうまく運ばない。そこへいくと、栄一は慣れきっていて、ちゃんと話をまとめて帰ってくる。

「あの男は使える」

と、折田は栄一をちょうほうがった。

栄一を折田の塾に送りこむとき、平岡は、

「薩摩っぽは気が荒い。ひょっとしたら、やられるかもしれぬ。くれぐれも注意するように……」

と、心配をほのめかした。

それは杞憂《きゆう》ではなかった。

薩摩藩士たちは、すぐかれが幕府の密偵《みってい》であることを見抜いた。中原直助という者が、栄一を切る役にきまった。

しかし、「それほどまでのことはあるまい」となだめる者もあって、とりやめになったのである。

こうして、栄一は何度もあぶない橋を渡っている。簡単に人を殺してしまう殺伐な時代。ひとつまちがえば、命がなくなってしまう。かれだけではなく、当時の志士はみんなそうだった。そして、無事に生き残った者が、明治を迎えて、花を咲かせることになるのである。

かれは運が強かった。

こんなこともあった。

折田要蔵がさほどの人物ではないことがわかったので、ひと月ばかりでかれは京都へ帰ることにした。

すると、ある晩。

かねがね、折田は旅館の娘、おみきを手にいれて寵愛《ちょうあい》していた。薩摩藩士の三島通庸《みしまみちつね》や川村純義《かわむらすみよし》は硬骨漢で、それを快く思っていない。

栄一が京都へ帰る前夜、この三島と川村が料理屋で送別会をひらいてくれた。

三人で飲んでいるうちに、三島はひと足先に帰ってしまった。

遅れて帰ってきた栄一が、折田のへやへ顔を出し、

「ただいま帰りました」

とあいさつすると、折田はかれをにらみつけている。

見ると、室内には杯や皿などがとび散り、おみきは額にケガをしたらしく、手当をうけていた。

「先生、どうしたことです」

と尋ねると、折田は怒気鋭く、

「三島めが来て、このありさまじゃ。おぬしらは今夜酒を飲んで、さんざんわしの悪口をいったのだろう。それで、あの乱暴者の三島がやってきたのだ」

「先生」

栄一は、すわり直した。

「それはあまりの暴言です。たとえ酒に酔っても、師たる者の悪口は申しません」

「うそをつくな。三島がそう申していた。なかでもおまえは口角あわをとばしていたそう

じゃ」

「三島がそういいましたか」

「いった」

追っとり刀で、栄一は三島の宿へ駆けつけた。三島は二階で寝ていた。階段を駆けあがっていくと、おりよく来合わせていた川村が、かれの血相に驚き、

「いかがした」

「三島は、われわれをはずかしめた。返答によっては、切る」

「待て、待て」

川村がとどめているところへ、折田の使いがやってきて、とにかく折田のところへ帰ってくれと、引きもどそうとする。

この騒動の中で、三島は大酔して眠っている。これではけんかにならぬので、宿へもどってくると、折田は、

「いや、わしの失言であった。許してくれ」

という。

「三島があのようなことを申したわけではない」

栄一はつくづくこの男がきらいになった。むろん、折田は一橋に召しかかえにならなか

ったが、もしあのとき、三島が目をさましていて、切り合いになったら、おそらく栄一のほうが切られていたであろう。あとになって、三島が鹿児島に伝わる示現《じげん》流の使い手であったことを知った。この事件があってから、栄一は簡単に人と争わなくなった（明治政府になってから、三島通庸はその硬骨ぶりで鳴らしたものであった。切腹自殺をした作家の三島由紀夫は、その遠縁である）。

京都へ帰ってくると、平岡が、

「吉報がある」

と、告げた。

「なんですか」

「尾高長七郎が釈放になる」

「ほんとうですか」

栄一は、耳を疑った。長七郎のことは平岡に頼んであったが、まさかこんなに早く釈放になろうとは、夢にも思わなかった。

「ご尽力、ありがとうございます」

「いや、わしの力ではない。ともあれ、めでたいことだ」

栄一は、すっかり平岡に心服してしまった。あのおり、「事の成否はわからぬが、力を尽くしてみよう」といってくれたが、たいていの人間は、そんなめんどうくさいこと、忘れてしまうものである。それを平岡はやってくれたのだ。親分の貫禄《かんろく》じゅうぶん。

これだな、と、栄一は悟った。人を心服させるには、これがもっともてっとりばやい道であることを悟ったのである。後年、かれは「財界の大御所」と呼ばれ、「渋沢さん、渋沢さん」とみんなから慕われた。それは、かれが約束を守り、頼まれたことは骨身惜しまず他人のために力を尽くしたためであった。

このときの教訓を、かれは生涯貫き通したのである。

長七郎が釈放される日、公然と迎えにいくわけにはいかないので、喜作と宿で待っていると、長七郎がやってきた。

「尾高！　待っていた」

「よくやってくれた、栄一」

獄舎の生活はよほどつらかったのだろう。長七郎はポロポロ涙をこぼした。

それにしても、長七郎はやせ衰えていた。牢屋《ろうや》とはこれほど苛酷《かこく》なものなのか？　喜作も栄一も目をみはった。牢を出てから湯にはいり、衣服を改めてやってきた長七郎であったが、まえの長七郎とは、まるで別人のよう。ほおはそげ、目はくぼみ、幽鬼がそこにすわっているようである。

そして、気持ちが弱っているのであろう。すぐに泣いた。

「わしのために、そなたたちが節を屈して幕臣になったと聞いたとき、わしは牢で声をあげて泣いたぞ」

「尾高さん、それはもう……」

「このとおりだ。わしはうれしい」

長七郎は栄一の手をとり、ひざがぬれるほど涙をしたたらせた。

別にどこといって病気はなかったが、衰弱がはなはだしいので、静養のため郷里へ帰った。が、京都から故郷へ帰るまでの道のりを歩くのがやっとだったのだろう。村へ帰るとまもなく、枯れ木のように朽ちはてて死んでしまった。

そして、かれの命を救った平岡も、それから数カ月後、暗殺されて死んでしまうのである。

じっさい、あすをも知れぬ苛酷な時代であった。

ある日、栄一は、平岡の命で西郷隆盛《たかもり》を相国寺にたずねた。諸藩との交渉係なので、だれとでも会うチャンスがある。西郷は老僕《ろうぼく》をひとり使って、質素に暮らしていた。

「このごろの政治の改革を、おはんはどう見られる」

と、西郷の声は太い。

「改革されるように見えましても、それは枝葉ばかりで、老中政治という腐った土台をつぶさぬかぎり、真の改革は望めぬと思います」

「一橋の家臣にしては、おはんは目のつけどころがよい。おはんはいかなるかたじゃ」

西郷は、かれに興味を持ったらしい。

そこで、洗いざらい、栄一はこれまでのことを語った。ちょうど昼飯になったので、ふたりは豚肉をつつきながら話しあった。

「うまいですな」

かれはこんなうまいものを食ったのははじめてであった。

そして、ネズミを焼いて食っていることを話すと、西郷は巨体をゆすって笑った。

その西郷がいう。

「いまのように天下が乱れては、皇室にたいしてまことに恐れ多い。この際、老中政治を廃し、有力な藩六、七の代表者が合同して、挙国一致の体制をつくる。

一橋はその一員となって、首長となるがいい。そして、根本的な国策をたてる以外に収拾の道はない。ところで、貴公のご主人、慶喜公は、腰が弱くていいかん」

「それなら、あなたがその首長になられてはいかがです」

「天下のことというものは、そう簡単には運ばぬ」

相国寺から帰ってくると、栄一は慶喜にそのことばを伝えた。慶喜は、

「西郷がそう申していたか」

と、笑っていた。

これが縁となって、栄一はその後もたびたび西郷を訪れ、豚なべをごちそうになった。なんべん食べても、こんなうまいものはない。

「この豚なべをいただいてから、ネズミ焼きがまずくなって困りました」

というと、西郷はまるいキョトンとした目で、かれを見た。むじゃきな人であった。


栄一は平岡に、広く天下の人材を集めることを提案した。

「しかし、あまり高禄《こうろく》を望まずに仕官する者があろうかの」

「必ず集めてみせます」

そこで「人選御用」なる役目を得て、江戸へ向かった。

さっそく千葉道場へ行ってみると、頼みにしていた同志たちは、みな水戸の天狗党《てんぐとう》騒ぎに駆けつけたあとで、だれもいない。

そこで、高崎城襲撃の計画に名をつらねた同志たちを説き、四十数名を得た。そのほか

十名ばかり――。

五十余人の同志をひきいて、京都へ帰る途中、栄一は村へ帰ってきた。

もはや、この五十余人は、貧乏浪士ではない。れっきとした一橋藩士である。行列には槍《やり》を立て、陣笠《じんがさ》の緒をしめ、服装を改めている。

幕吏に追われ、もはやふたたび帰ることはないとあきらめていた故郷へ、大手をふって帰ってきたのである。栄一自身、測ることのできなかった運命の変転である。

なつかしい故郷。わが家。

「ご無事でしたか、父上」

そのさっそうたる栄一の姿を見ると、元助はただ絶句するばかりである。どうせどこかで野たれ死にするにちがいないと思っていたむすこ。それが、こんなにりっぱになってもどってきたのである。

「おまえの手紙を読むたびに、おとうさんはどんなにお喜びになっていたかわからないんだよ」

母がそう告げた。筆まめな栄一は、そのたびに京都から近況を知らせていたのであった。

妻にも会った。

たれよりもかれの帰りを喜んだのは、この妻の千代であったろう。

しかし、栄一は悲しい知らせを聞かねばならなかった。

「長七郎はどうした。健在ならば、人をやって呼んでくれぬか」

「長七郎さまは、帰られてまもなくおなくなりになりました」

「そうか、死んだか。きのどくなことをした。新五郎さんは？」

「あのかたは天狗党へ誘いをうけたということで、いまお調べをうけています」

「牢屋にいるのか？」

「そうです」

兄弟のように親しかった人たちが、わずか半年あまりの月日に、あるいは死に、あるいは捕えられている。

「あなたさまは運の強いかたですね」

「それも、いまの世の中では、どう変わっていくかわからぬ。いちばん貧乏くじをひいたということになるかもしれぬ」

せっかく新五郎、長七郎に会うのを楽しみに帰ってきたのに……ことに、新五郎には会いたかった。

その夜、栄一は家で泊まった。宿泊の予定はなかったが、千代の顔を見ると、そのまま立てなくなったのである。きょう別れれば、いつまた会えるかわからない。五十余人の同志は、それぞれの家へ分宿させてもらった。

翌日、一行は代官所の前を通った。代官はあのときのままであったが、恐れてただ見送るばかり。

二名の藩士が追いかけてきた。

「この中に当藩の百姓が一名まぎれこんでいるという訴えでござるが」

同志のひとりが、わざとからかった。

「その者の名は、なんと申す」

「渋沢栄一とか――」

「黙れ。そのような者はおらん」

同志は、しかりつけた。

「渋沢という御仁はおられるにはおられるが、れっきとした一橋家の家臣。人違いをいたすな！」

「わたしがその渋沢篤太夫《とくだゆう》だが」

と、栄一は歩み出た。かれは一橋に仕えてから、篤太夫と名を改めていた。もとのままの栄一では、何かとさしさわりがあったのである。

「昨夜、奇妙なうわさを聞き申した。尾高新五郎なる御仁、かねてそのご高名を聞き、慕って参ったのだが、天狗党に加わらぬかと誘いをうけただけで、お召しとりとか。貴藩では、相談をうけただけで、咎人《とがびと》となるのか？」

「そのようなことは……」

「そのうわさがまことならば、ただちに釈放していただきたい。一橋家の家臣、渋沢がそう申したとお伝えください。

ご存じよりのとおり、一橋家は幕府とはただならぬ仲、幕府に聞こえては、物笑いになり申そう」

二名の藩士は、こそこそと逃げ帰った。

やがて京都へ近づいたとき、栄一は思いもかけぬ訃報《ふほう》を聞いた。

平岡が暗殺されたのだという。

（まさか？）

「下手人はだれだ！」

「はい、同じ家臣の者でございます」

その日、平岡は一橋家の家老を京都の旅宿にたずねた帰途、突然やみからおどり出たふたりに切られ、即死したのである。そのふたりは、やはり一橋家の家臣であった。

切った者も、切られた者も、同じ一橋家の家臣。これでは話にならぬ。平岡は開国論者と見なされていたので、切られたのである。たったそれだけの理由で……気違いに刃物というが、意見が違えばすぐ切ってしまう。なんとも血の気の多い時代であった。

京都へ帰ってくると、平岡のかわりに次席の黒川嘉兵衛《かへえ》が用人頭《ようにんがしら》になっていた。

黒川は栄一と喜作を自邸に呼び、

「もともと、きみたちは、幕府や一橋にゆかりのある者ではない。しかも、たよりにしていた平岡氏を失った。しかし、平岡氏にかわって、わたしも両氏のために力を貸そう。このうえとも一橋家のために力をつくしてほしい」

と、懇切をつくしたもてなし方であった。でも、黒川は黒川なりに、栄一の利用法を考えていたのである。

黒川は目先のきく男であったが、平岡と比べると月とスッポン。平岡は大親分の貫禄じゅうぶんであったが、黒川は役にたつ俗吏といったところで、これまで栄一は黒川とは親しく口をきいたこともない仲であった。

喜作も同じである。

「まあ、しかたがあるまい」

喜作がいう。

「黒川さんが、おまえたちは気にいらぬから出ていけというのなら、出ていきもしようが、あのようにていねいな扱いをうけては……」

「そうだの」

栄一も同感である。

いま、この一橋家をやめても、ふたりには行きどころがない。

また、もとの志士に逆もどりするのは考えものである。みずから高く誇って天下国家を憂える志士であるとうぬぼれてみても、ひとりでは何もすることができぬ。いつか長七郎がいったように、ひとりひとりが何十人、何百人集まっても、それは烏合の衆にすぎない。やはり、薩摩とか、長州とか、大藩を背にし、藩の力で動くほか幕府に対抗できないことを、栄一も喜作も身にしみて知らされていた。

百姓あがりの志士では、一匹オオカミ。しょせん、長七郎、新五郎と同じ運命をたどるほかない。長七郎は牢死《ろうし》と同じ結果になってしまったし、新五郎は天狗党に誘いをうけたというだけで捕えられている。その無法をなじってみても、百姓あがりではなんとも手の打ちようがない。どんなにくやしがっても、ゴマメの歯ぎしり。

別に命を惜しむわけではないが、みすみす犬死にするのはバカバカしい。

「当分、様子を見なければならぬの」

「それがよかろう。とにかく、ここにいるかぎり、幕府は手が出せぬからの」

天下に、一橋家の名は高い。しかも、慶喜公は名君として知られている。そのため、よしみを通じてくる者が多く、その接待役が用人頭の黒川で、黒川は酒が飲めぬくせに供応をうけることの好きな男であった。だから、毎夜のように宴会がつづく。

料亭へおもむくとき、黒川はかならず栄一をつれていく。それは、栄一が座もちがうまいためで、すべての武士は体面を重んじて、酒席でも堅い態度になってしまうが、栄一は武士といってももともと藍商人なので、人あたりが柔らかく、座談もうまい。女の扱い方も天性的にうまい。

酒席に栄一がいるといないでは、席の空気がガラリと変わってしまう。だから、遊び好きの黒川には、栄一はなくてはならぬ男になっていた。

夕がたになると、栄一は黒川に従って、料亭へ出かけていく。ほかの侍たちの栄一に対する反感は日ごとに高まって「幇間侍《ほうかん》」とあだ名された。

「幇間侍め、また用人頭についていきおったわい」

つばを吐くようにいわれる。

栄一も、長屋でネズミをとってネズミ焼きを食っているより、料亭で美食し、酒を飲み、美女と戯れているほうが、どれほど楽しいかわからない。が、そのかわり、気をつかわなければならない。

自分ひとりでいい気持ちになっているわけにはいかない。むしろ、自分の酒を殺してでも、相手が気持ちよく飲めるように、座敷のふんいきを作ってやらねばならない。これがむつかしい。たとえ不愉快なことがあっても、自分も楽しく飲んでいるように見せかけ、相手をいっそう楽しくさせなければならぬ。しかも、栄一も一橋家の家臣であってみれば、武士の品位を保ちながら、それをしなければならない。

が、もともと商人であったため、そこら辺のコツはうまい。

後年、栄一は「宴会の名手」といわれた。栄一が座に現われると、パーッと座が明るくなり、なごやかに話がはずむのである。

しかし、宴会も毎日つづくと飽いてくる。

やっぱり、酒は気の合った友だちと飲むもので、宴会の酒ほどつまらないものはない。バカ騒ぎのドンチャン騒ぎで、よそ目にはうらやましく見えても、それが三日も続くと、たいていの人間はバカバカしくなってくる。

まして、まだ栄一は、酒、女より天下国家を論じることの好きな青年である。が、黒川の前で幕府の悪口など口にすることはできぬ。

あるとき、喜作が忠告した。

「気をつけるがいい。おまえを切るといっている者がいる」

「なぜだ」

「おまえが毎夜のように、黒川についていくのを苦々しく思っている連中だ」

「幇間侍か」

栄一は自分のあだ名を知っていた。

「しかし、これもご奉公と思えばこそ、やっているのだ」

「それはわかるが、料亭で酒を飲み、放談する。だれしも望むところだ。それをおまえがひとりじめしているのが悪い。三度に一度は、ほかの者に回してやれ」

「なるほど。じつは、おれも毎夜のことで、うんざりしていたのだ」

それからは栄一も、きょうは気分がすぐれぬとか、用事があるとか断わって、ほかの者に席をゆずるようにした。

ある日、宴がはててから、いつも泊まるへやへ行って寝巻きに着かえていると、仲居がやってきて、今晩はあちらにしたくができていますと、別室へ案内した。

ふすまをあけると、ひとりの女がすわっている。

「これはどういうわけだ」

と、たずねると、

「あなたひとりではおきのどくだと……」

「黒川殿がそう申したのか」

「はい」

「おれは帰る」

そういうなり、外へ飛び出してしまった。

しばらく歩いてくると、黒川が追いかけてきた。

「待て、待て」

と、追いつき、

「おぬし、立腹しているのか」

「いえ、立腹などしていません」

「おぬし、不自由しているのではないかと思って」

「それは不自由しています」

そういって、栄一は笑った。

「おぬしもがんこな男だな」

「いいえ、そういうわけではありませんが、ここ三年ばかり、心に誓っていますので……

黒川さん、すこし考えていることがありますので、あした役所で聞いていただけませんか」

「用向きのことか？」

「そうです」

「それでは、もう一度料亭へもどって、茶でもすすりながらゆっくり聞こう」

「そうですか。では、そうしましょう」

栄一は、足を返した。


ここでちょっと、一橋家について触れておこう。

一橋家が名家であるといっても、いまの若い読者には、なぜそうなのか、おわかりにならないだろうと考えるためである。

徳川家には多くの分家があったが、そのうちでも尾張、紀伊、水戸を御三家といって、もっとも重んじていた。もし将軍に子がなければ、この御三家からめぼしい人物を将軍として迎えることができた。

このご三家の次男坊に十万石の禄を与え、田安、清水《しみず》、一橋家を興させた。それは、尾張、紀伊、水戸藩の藩主に子どもがなかったとき、その跡を継がせるためのものであったし、また、この田安、清水、一橋家から将軍を物色することもできた。吉宗《よしむね》は紀伊藩から望まれて将軍になったものであり、慶喜は一橋家から立って十五代将軍となった。そういう家がらであるだけに、重視されたのである。

ところで、十万石といえばかなりの大名であるが、ほかの大名と違って軍隊を持っていなかった。それは、名家であることをさいわいに謀叛《むほん》を起こしたりするといけないので、わざと軍隊を持たせなかったのである。

栄一は、ここへ目をつけた。

かれは黒川を説いた。

「わたしはさきに関東へ人材を集めに行き、五十名ばかり得て帰りましたが、これではまだ不足です。一橋家は自分の軍隊を持たなければなりません。

慶喜公は京都守衛総督という大役をうけながら、水戸藩から借りた二百余人の客兵がいるにすぎぬではありませんか。これは水戸藩のつごうでいつ引き揚げてしまうかわからぬ兵隊たちです。

こんなことでは、実質を伴わぬ名目上の京都守衛にすぎぬではありませんか。自分の手兵を持たずして、京都を守護することができましょうか?」

「それはもっともだが、人を募る方法があろうか?」

「わたしにくふうがあります。ご領内の百姓を集めて歩兵とすれば、千人ぐらいはたちどころに集まります」

「百姓をの」

「百姓ではいけませぬか」

「いや、いかぬといっているわけではないが、これまで例のないことでの」

「いま、そんなのんきなことをいっている場合ではないはずです。京都には浪士があふれています。幕府の兵と、いつ戦いが起こるかもしれません。そのおり、たった二百ばかりの雇い兵で、これが鎮圧できますか。


ただうろうろするばかりでは、慶喜公は世間の物笑いになります。また、慶喜公に千人の手兵があれば、互いに事を起こさぬよう、慎重に行動するようになりましょう。いまのままでは、慶喜公はたんぼの中のカカシ同然で、世から軽んじられるばかりです」

「趣旨はよくわかったが、一橋家が手兵を持つということは、幕府のてまえもあり、水戸家のおもわくもある。わしの一存では計らいかねる。あとで問題になったとき、あまりに荷が重すぎるからの。


といって、いまのままでは、なるほど、京都守衛総督という役名にありながら、万一の場合にはただ傍観するよりなき立場。おぬしも妙なことを考えだす男だの。これはお上のご配慮を仰ぐよりあるまい。一橋家存亡の大事じゃからな。お上にお目通りして、そなたの意見を述べてくれぬか」

たとえ役がらのためといいながら、種馬同然の一橋家が急に千人もの歩兵を持つということは、容易なことではない。幕府に対する謀叛とみなされるかもしれないし、当然、水戸家でも用心するだろう。

一橋の俗吏の頭では、考え出すことのできぬ案であった。

栄一は慶喜公に目通りを許され、意見をのべた。

「お上は京都守衛総督という要職についておられ、京都の治安については最高の責任者であらせられるわけですが、いまの時勢をいかが見ていられますか。開港問題をめぐって天下騒然とし、長州、薩摩は公然と幕府に対する姿勢をとっています。

やがて天下争乱のおりを迎えるは火を見るより明らかで、この京都にも兵火が及びましょう。そのおり、京都を守り、禁裏を安泰におくのは、京都守衛総督の任にあるお上のお仕事でございましょう。

そのお上が、わずか二百名の客兵しか持たぬ現状では、これを鎮圧することができましょうか。至急、自分の手兵をお持ちにならねば、この大役を遂行することはできぬと思います。それにはご領内の百姓を集めて歩兵隊を作るのがいちばんの趣向であろうと存じます。

しかし、これをご領内の役人に命じたのでは、人は集まりますまい。役人にはこのことがらの重要さが理解できぬためです。どうしても京都からじきじき人をやり、百姓によく時勢を説き、募集の趣意を納得させ、進んで応じるようにしなければなりません。その役をわたしに仰せつけくだされば、必ず人を集め、各藩をしのぐ歩兵隊を作りあげてみせます」

慶喜は即答を避けたが、まもなく栄一は歩兵取り立て人選御用係となり、小十人並みに出世し、食禄《しょくろく》十七石五人扶持、月手当十三両二分の身分になった。小十人並みというのは、君公を警護する役で、これは「御目見以上《おめみえいじょう》」の身分なので、慶喜に面謁のできる身分となったのである。

一橋の領地は、摂津《せっつ》に一万五千石、和泉《いずみ》に八千石、播磨《はりま》に二万石、備中《びっちゅう》に三万三千石、ほかに関東に二万石と、合計十万石であった。

京都から各地の代官所へ、今回このような用向きで御用掛がおもむくので、協力するように、という通達が届いた。しかし、役人たちはいっこう乗り気にならなかった。

もともと、一橋家は歩兵など持ってはならぬ家がらである。いかに時勢とはいえ、歩兵を募集するという真意がわからない。まかりまちがえば、幕府の怒りを買って、お家がおとりつぶしになるかもしれぬ。そんなあぶない計画に走りまわっては、あとで幕府からどんなおとがめをうけるかもしれない。さわらぬ神にたたりなし……と、恐れあやぶんだのであった。

そんなことを知らぬ栄一は、口笛でも吹きたいような気持ちで、意気揚々とやってきた。百姓出のかれは、百姓のことならなんでも知っているという自信があった。

まず大阪川口の代官所へおもむいた。ここは摂津、和泉、播磨の三国を管轄している役所である。さっそく、栄一は代官に用向きの重要なことを説いて聞かせた。

世なれた代官は、

「しごくたいせつなご用であることは、通達でとくと存じております。しかし、当地より備中のほうから先に手をつけたほうがよろしかろうと思います。その間に、さっそくこちらも用意しておきます」

と、逃げを打つ。

不満だが、まだ準備が備わっていないといわれたのではしかたがない。栄一は、備中へおもむいた。

あくる日、代官所へ庄屋《しょうや》を集め、とうとうと天下の形勢をのべ、一橋家の立場を説き、歩兵取りたての急務を知らせた。栄一は能弁であり、そのかれが納得のいくまでしゃべったのである。

代官の稲垣《いながき》林蔵がそのあとをうけて、

「ただいま御用掛のお話でよくわかったことと思うが、それについてそのほうたち相談のうえ、順序をさだめ、あすからは毎日三名ずつ子弟をつれてくるよう。御用掛よりじきじき本人たちに話すようにしたいので、そのように取り計らってもらいたい」

「よくわかりました」

と、頭をさげて帰っていく。

栄一は、自分の話を聞いて、庄屋がすぐに若者を集めてくれるものと思っていたが、いささかかってが違った。が、本人たちにじかに会って話してみるのも悪くない。かれには自信があった。

翌日から、三人の庄屋が、三人ずつ若者をつれてやってくる。栄一は火のような舌で天下を説き、志願して天下国家に尽くさねばならぬことを力説する。

だが、どうもおかしい。

まるで反応がない。若者たちは石のように黙りこくって聞いているだけで、かれの話が終わると、

「それでは、家へ帰りまして、よく相談いたします」

と、庄屋があいさつして、急いで帰ってしまう。

「自分のいうことに疑念のある者は、質問してほしい」

といっても、みんな下をむいているばかり。

栄一は、あわてた。

こんなはずではなかった。

かれの弁舌に感激して、即座に応じる者が現われると信じていたのである。

が、応募する者など、ひとりもいない。

毎日同じことの繰り返しで、やはりひとりの応募者も出てこない。

「おかしい」

と、栄一は気づいた。これは裏でなにか工作されているのにちがいない。そうでなければ、ひとりの応募者もないということは考えられぬ。

「妙ですな」

と、代官は首をひねっている。

「御用掛のあの火のような説得に、ひとりの応募者もないとは……だいたい、この備中の国というのは、人間が引っ込み思案にできていましてな。それにしても、ひとりやふたり……」

冗談ではない。

ひとりやふたりでは、話にならない。千人を目標に来ているのである。

もともと、この歩兵取り立ては栄一の言いだしたことであり、これに失敗すれば、かれは腹を切らねばならぬ。

それにしても、ひとりの応募者もないとは……？　なにか原因がなければならぬ。こんなはずはないのだ。

かれは代官に相談した。

「どうも毎日じっとしているので、たいくつで困る。このあたりに道場か学者はおらぬか」

「道場のほうは関根という先生がいますし、学問では阪谷朗盧先生がいられます」

「その阪谷というのは、どこにいる」

「寺戸村《てらどむら》においでになります。興譲館という私塾《しじゅく》をもって教えていられます」


ある日、栄一は朗盧を訪れた。

朗盧は進取的な学者で、開港論をとなえている。

朗盧が口を開くと、まだ攘夷の夢さめぬ栄一が反発する。

朗盧が諄々《じゅんじゅん》と説く。栄一は自説を曲げない。それが普通の役人がいうような俗論ではなく、鋭い舌で言い返すので、朗盧もかれの才を認め、酒を出してあとで雑談に移った（ふたりはこのときもちろん初対面であったが、その後深く交わり、栄一の次女を朗盧のむすこがめとって、両家は親戚関係となるのである)。

ついで栄一は、関根の道場を訪れた。もともとかれは千葉道場へ通ったが、剣よりむしろそこへ友人を求めに行き、議論のほうを好んでいたので、剣のほうはあまり強くない。が、関根もたいした腕ではなく、お互いまあまあというところで終わった。

しかし、近在の人は驚いた。

「いま来ている渋沢という役人は、朗盧先生と議論なさるし、関根さんとも対等の腕まえだそうな。さすが一橋家のご家臣は違う」

と、評判になった。

かれの名を慕って、興譲館の塾生や、農家の志ある子弟が集まってくるようになった。栄一は時勢を論じ、平気で幕府の悪口をいう。幕府は倒れると話す。こんなさばけた役人ははじめてである。たちまち、若者たちの人気の的になった。

伝え聞いて代官は渋い顔をしているが、栄一は同じ一橋家の上席であるため、「そのようなことを申されては困る」とも、いいにくい。困った男が来たものだといらいらしている。

「なにかおもしろいことはないか」

と、栄一は若者たちにたずねた。

「毎日、議論ばかりしていてもたいくつだ。おもしろいことをして遊ぼうではないか」

「それにはタイ網がよろしいでしょう。なかなか勇壮なものです」

「それはいい。さっそくとり計らってほしい。来たいという者は何人でもいい。だれでもいいから、遠慮なく連れてくるがいい」

それが栄一のねらいであった。

その日、二十人ばかりの若者が集まった。

タイ網は瀬戸内海の漁のうちでも、最も勇壮なものである。数隻の船がエンヤ、エンヤ声をかけて網をとりかこみ、しだいに網をたぐりよせると、その中でタイの銀鱗《ぎんりん》がおどる。酒だるをなげて祝ってやると、ピンピンはねているタイをこちらの船に投げこんでくれる。それをさっそく料理し、ワサビをきかしたさしみで一杯やる。

若者たちは、みんなうきうきしてしまう。

春の海は、とろりとしている。酒をくみ、さかなを味わい、ある者は語り、ある者は詩吟をはじめる。おもいおもいになんの屈託もない、役人の前でこんなに自由にふるまうことははじめてである。何をしゃべっても、しかられることはない。

「こんな人の下で働いてみたい」

若者たちの胸は、希望にあふれた。

あくる日もタイ網。

そのあくる日もタイ網。

そして、それが一週間つづいた。若者たちばかりではなく、老人でも、子どもでも、だれでも参加させ、みんな心からくつろいでいる。

栄一はその若者たちに、自分も百姓のせがれであったが、国事に奔走し、ゆえあって一橋家にいまご奉公している者であると語った。

「なるほど、それでわかりました」

と、若者たちはいう。

「どうも並の役人とは違うと思っていました」

「わずか一、二年まえまでは、わしもそなたたちと同じ百姓仕事をしていたのだ」

「百姓でもそんなに出世ができるものですか」

「それは当人の心がけしだいだ。いま国は乱れているし、一橋家では人材を求めている。有能の者であれば、どんどん出世する機会がある。

わしのいうことはうそではない。親からもらった禄にしがみついているようなやつは役にたたん。新しい人材を広く天下に求めねばならぬ時期なのだ」

「それでは、わたしを京都へ連れていってください」

たちまち五人の者が志願して出た。

やっとせきとめられていた水が流れだしたのである。

その五人の者に、書面に書いて願い出るように申し渡した。

そして、すぐすべての庄屋に、至急集まるようにと、触れをだした。

庄屋たちを前にして、栄一は口を切った。

「このたび歩兵取り立てのことでわたしは当地へやってき、若者たちに時勢を説き、そなたたちの協力を求めたが、いまだひとりの応募者も現われていない。

これはそなたたちの職務怠慢というよりない。

わたしはあらたに一橋家に仕えた者であるが、これまでの家臣のようにいたずらに食禄をむさぼっている者ではない。この国家多難のおりに、いかに一橋家を安泰におくかに心をくだいている。

きょうまでひとりの応募者も出ないということは、わたしの志が若者たちに通じていないということで、まことに遺憾である。しかし……」

と、ことばを強めて、

「応募したいという者があるにもかかわらず、そなたたちがそれをおしとどめているのであれば、その罪は重い。死罪に値する。そなたたち全部に死んでもらうが、どうだ、そのような事実はないか？」

庄屋たちは黙って、下をむいている。

「それではいおう。そのほうたちの手を経ずして、すでに五名の者がお取り立て願いたいといって、願書をさし出してきている」

と、五人の願書を出してみせ、

「そのほうたちは、拙者が若者たちを説得した際、これから家に連れ帰り、ご応募するよう説きすすめてみます、と約束した。その若者たちが、そなたたちに願い出ず、直接わたしに願い出るというのは、何のためだ。

そのほうたち、なにか隠しごとをしておろう。その旨をありていに話せばよし、さもなければ、わたしがその原因を糾明しなければならぬ。そうなってからではもう手おくれだ。隠していることがあれば、いま直ちに申し出よ」

「申しあげます」

座の中ほどから、低い声がもれた。

「遠慮はいらぬ。だいたいの察しはついているのだ」

「恐れ入ります。じつは、ここへくるまえに皆の者で相談し、もうお耳にはいっているやもしれず、またいつまでも隠しおおせることではないので、いっそお話ししてしまったほうがよいのではないかと……」

「そのように相談してまいったのか」

「さようでございます。じつは、このたびのことにつきまして、ご代官様がおっしゃるには、一橋も近ごろはだんだん山師が多くなって困る。現在執政している黒川などは、下賤《げせん》からの成り上がり者で、殿の歓心を買うためにいろいろ新しいことを考えついて、われわれにおしつけてくるが、いちいち取り合っていたのでは、あとで正直者がバカを見ることになる。

　こんどの歩兵取り立てのことも、ひとりも志願する者はありませんと断わってしまえばそれですむこと……というご内意でしたので、志願する者があっても、それをおしとどめていたものでございます。なんとも申しわけありません」

「おそらくそのようなことであろうと推察していた。わたしももともとは百姓の出なので、そのほうたちの考えていることはわかるのだ。ご苦労であった」

　やっと水をせきとめていた岩をとり除くことができた。あとはもはや簡単である。

　あくる日、代官所へおもむくと、

「いたずらに日を費やしているばかりなので、昨夕、庄屋どもを呼び集め、厳重にしかっておいた。ただひとりの応募者もないではすまされぬ。それにはいろいろ原因のあるはず。

その原因を探るとなると、犠牲者も何人か出てこよう。いろいろ風評も耳にはいっている。そなたも拙者もともに藩籍を同じくする者、悪くはとり扱いたくない」

弱みを握られてしまったとさとった代官は、とびあがるほど驚いた。

こんどは自分から走りまわって、たちまち二百余人の志願者が集まった。

備中をあとにして、播磨、摂津、和泉と順にまわり、総勢五百余人を得て、京都へ帰ってきた。

慶喜は喜んで、白銀五枚と時服一重ねを賜わった。

しかし、このとき、栄一がその独得の才を発揮したのは、この関西旅行の間に、つぶさにかれはその領地の経済の運営を調べていることである。

簡単にいえば、どうすれば一橋藩がもっともうかるかを考えているのである。

たとえば——。
一、播磨では上米が多くとれるが、代官はこれを兵庫で売っている。しかも、兵庫の蔵方にすべて任せっきりで、向こうの言いなりの値で売っている。これを灘《なだ》、西宮の酒造家に売れば、もっと高く売れるはずである。
一、また、播磨ではもめんが出るが、ただばくぜんと取り引きされている。これを藩がすべて買いあげ、大阪の問屋に送ったほうが利があるのではないか。
一、備中からは硝石が出る。藩直轄の製造所を設けて、その生産にあたるべきである。
このとき、栄一は二十六歳であった。しかも、金もうけにかけては、天才的な才能を持っていた。

かれの案は採用され、勘定組頭《くみがしら》に任ぜられた。一橋家全体の会計事務を担当させられることになったのである。

人間の一生を見るに、あちらへ行ったり、こちらへ行ったり、ずいぶん回り道をしているように見えるが、けっきょく、その人間の才能どおりのところへおちつくもので、それが人生のおもしろさかもしれない。

栄一は生まれながらの商人であった。武士となっても、やはり商人であった。そして、商人で一生を過ごした。後年、政治家になる機会はいくらでもあったが、やはり商人で通した。商人が生きる最上の道であると考えていた（栄一の嫡孫《ちゃくそん》、敬三《けいぞう》さんは、生物学志望であったが、栄一は拝み倒して実業家にしてしまった。また、四男の秀雄《ひでお》さんは文学志望であったが、これも許されなかった。――よくよく商人が好きであったのだろう）。

つねにかれは他人の気のつかぬところに着眼し、計画をたてる。そのため、かれ自身はいつも忙しくなるばかり。しかも、その忙しさをまるで苦にしなかった。かれほど、その一生を働きつづけた人はいなかったろう。


世の中は皮肉なものである。

こうして一橋家の経済を建て直しているうちに、時勢はどんどんかれの志とは反対のほうへ動いていく。

幕府は長州征伐をはじめたが、第一回は失敗し、第二回めも負けてばかりいるので、慶喜が将軍の名代として征長軍を指揮することになり、栄一はお使い番に抜擢《ばってき》された。

長州は倒幕、攘夷論の本家である。

その長州を、幕軍の一員となって攻めなければならぬ。

栄一の悩みは深い。

幕吏の手からのがれるために、かりの方便として籍をおいた一橋であったが、いまやかれはどっぷり首まで幕軍の中に身を沈めなければならなくなった。

しかし、栄一は妻の千代に、

『いくさは武士の常なれば、さほど気にかける必要はない。そのうち吉報がまいるだろうから、それを待っていてほしい。せっかくこのたびは久しぶりに会えると思っていたのに、また二百里も西へ行かなければならなくなった』

と書き送っているところを見ると、征長の軍に従う覚悟をきめていたのであろう。どこまで流されていくのか、流されてみようという気であったのかもしれない。かれは慶喜を信じていた。慶喜に従ってどこまでもついていこうと考えていたのである。幕府は倒さなければならない。そのうちきっと四、五の雄藩が集まって、天下の政治を行なうようになるだろう。その雄藩の中に名望の高い慶喜も加わるにちがいない。慶喜を助けることは、ひいては天下の政治に参画することになるのだと考えていた。

ところが、状勢はまた一転した。悪いほうへ、悪いほうへ、賽《さい》の目はころがっていくのである。

将軍家茂《いえもち》が急死し、跡継ぎがないので、慶喜がそのあとをついで十五代将軍となることにきまった。

なんということだ。栄一はさっそく建白書を書いて慶喜をいさめようとしたが、もはやすでに内定していることだからと、黒川になだめられた。

かれの悩みは深まるばかりである。

信じていた慶喜が、倒さねばならぬと考えている幕府の首長になってしまったのである。かれは正真正銘の幕臣となってしまった。いやだ、と思う。このままおめおめと幕府の禄をはみたくない。といって、いまさら浪人となって、慶喜に矢をむけるわけにはいかない。

「慶喜のようなりこうな人でも、やっぱり地位、権力を好む普通の大名にすぎなかったのか？」

あの英明な慶喜に、二度までも長州征伐に失敗し、命運のつきた幕府の終末がわからぬはずはない。それでもやはり将軍という地位に魅力をおぼえるのだろうか？

栄一はくやしがった。

このとき――もちろん慶喜は、幕府の寿命の短いことを知っていた。

だから、将軍にはなりたくなかった。すすめられても、かれはなかなか承諾しようとしなかった。

「天下重大のとき、一歩誤れば幕府のみではなく、日本の国そのものが滅びてしまう。この際、どうしても英明な者が立って、幕府を指導していかねば、混乱を増すばかりである」

とくどかれ、貧乏くじと知りながら、いやいや将軍職についたものである。

そんな内幕を知らぬ栄一は、苦りきった。

それでも一橋の家臣はみんな出世して、かれは陸軍奉行《ぶぎょう》支配調役となった。なかなかりっぱな役がらであったが、将軍に直接おめみえする資格はないので、もうこれまでのように自由に慶喜に会って意見を述べるわけにはいかない。

慶喜はかれの手のとどかぬ高いところへ上ってしまったのである。

「とんでもないことになったものだ」

栄一は喜作の顔を見ると愚痴がでる。本心を打ち明けて話すことができるのは、この喜作しかいない。

「いずれ幕府は倒れる。そうなれば、われわれは喪家の犬だ。あいつは命惜しさに幕府に飼われ、いまはどうだ、あのざまは……と、みんなから後ろ指さされるようになるだろう」

「もうその話はよそう」

と、喜作はおだやかになだめる。

「なるようにしかならぬ。そもそも、われわれが一橋に仕えたことに無理があったわけだ。人間の運命というやつは、自分の意志だけではどうにもならぬことがあるのだ、と、このごろ考えている。ここのとこは、ひとつゆっくり構えることだ」

と、喜作は割りきっている。案外、腹の太いところがあった。

しかし、何もかもおもしろくない。

といって、いなかへ帰って藍商人になる気にもなれない。

このころ、栄一は新選組の近藤勇《こんどういさみ》に二度ばかり会った。

それについて、かれは次のように述べている。

「幕末当時、新選組の隊長として勇名をとどろかした近藤勇とは、わたしが陸軍奉行支配調役として京都にいたとき、二度ほど会って話をしたことがある。

かれは非常にむてっぽうで、向こうみずのイノシシ武者のように誤解されているけど、会ってみると温厚な人物で、よくものごとのわかる人であった。

わたしより五、六歳ばかり年長者であったが、胆力が衆にすぐれており、剣術の達人であった。幕府が勇士を募った際、土方歳三《ひじかたとしぞう》とともにこれに応じて、新徴組と称する浪人団体に加わり、のちに新選組を組織してその隊長となり、京都の警衛にあたっていた。

もちろん幕臣というのではないが、その別働隊のようなもので、部下は二百人たらずであったが、いずれも死を見ること帰するがごとしというような命知らずの浪人ぞろいであったので、近藤勇の勢力というものは、たいしたものであった。

その秩序は保たれ、勤皇の志士などはずいぶん苦しめられたものであった」

と、比較的、好意をもった書き方をしている。もし、かれが浪士をつづけていれば、切られていたかもしれぬ相手である。

「わたしはある人をかくまったため、新選組に襲われ、あやうく血を流さんとしたことがある。

ある事情のために新選組からにらまれている人があったので、わたしの宿所に隠しておいた。このことが新選組の耳にはいり、その人間を引き渡してほしいといってきたが、むろんきっぱり断わった。

するると、壬生《みぶ》浪人どもはおこりだし、腕力に訴えても奪ってみせると、三人ばかりで押しかけてきた。

ところが、渋沢違いをして、喜作のところへおしかけていったのである。喜作のところに気のきいた下僕《げぼく》がいて、わたしのところへ駆けつけ、ご用心なさいと知らしてくれたので、戸をかたく閉ざして待っていると、三人づれの壬生浪人がやってきた。

『戸をあけろ！』

と、騒ぎたてる。

『この夜中に戸をあけるわけにはいかぬ。用があるならそこから申せ』

と答えると、

『かくまっている者を受け取りに来た』

と、どなりたてる。

『そのような者はおらぬ』

と、どなり返すと、

『踏み破ってでも奪いとる』

と、騒ぐ。

もし戸を破って侵入してきたら切ってすてようと構えていると、わたしの隠している男がやってきて、

『自分のことでご迷惑をかけてはすまぬ』

と、はだしで表へ飛び出してしまった。

壬生浪人はその男を捕え、捨てぜりふを残しながら帰っていったが、このことが近藤の耳にはいり、三人は大いに叱責《しっせき》されたそうで、近藤勇はこうゆうふうに訳のわかっている人物で、けっしてむてっぽうに乱暴を働く男ではなかった」

ところで、おもしろいことに、栄一はこの近藤と手を結んで仕事をしなければならぬ事件が起こった。

陸軍奉行の御書院番士に、大沢源次郎という男がいた。

倒幕論者で薩摩の藩士と親しく交わっているので、逮捕されることになった。

ところが、この大沢は腕がたち、住んでいる寺に数人の勤皇浪士をかくまい、兵器銃砲まで備えているという。

みんなしりごみして、だれひとりその役目を引き受けようという者はない。といって、

陸軍奉行の幕臣を捕えるのに、町奉行に頼むわけにもいかず、けっきょく、新選組に頼もうということになった。

が、新選組に頼みっぱなしというわけにはいかない。

だれか正使という格で新選組についていかなければならない。

ただついていくという役だけでも、みんないやがって名のり出る者がない（この一事を見ただけでも、当時の幕臣がいかにサラリーマン化していたか、京都を守るためには新選組が必要であったかを知ることができるのである）。

いろいろ協議したあげく、渋沢がよかろうということになった。

栄一は即答を避けて、家に帰ってきた。

運のついていないときには、いやなことが重なるものである。

栄一は幕府の倒れることを願っているものである。その思想と、慶喜との間に板ばさみになって、毎日苦しい生活を送っている。そのかれが、倒幕論者である大沢をつかまえに行かなければならぬのである。

そんなことができようか？

かれは喜作に相談した。

「ふむ」

喜作も考えこんだが、

「われわれが倒幕論者であり、幕吏に追われていたのを平岡さんが拾ってくれたことは、一橋のほかの者はみんな知っている。

だから、今でもみんなはわれわれふたりを白い目で見ている。ここで断わっては、かれらの疑いを増すばかりとなろう。

それに、おぬしひとりで捕えに行くというのではなし、新選組に頼んでしまった以上、どうせかれらの手で捕えられるのだ。

ただそれを見届けるだけということなら、行ったほうがいいのではないか。

まだみんなはわれわれの去就に目をつけている。大沢逮捕の役も、ひょっとするとおぬしをためしてみようという策略かもしれぬ」

そういえば、そう疑われぬこともない。

しかし、栄一は気がすすまない。
二、三日して、喜作が吉報をもたらした。
「あの大沢という男は、倒幕論者でもなんでもないそうだ。しかも、かれは薩摩藩士と親しくして、賄賂《わいろ》をもらっているらしい。寺に住んでいるが、実際の生活はすこぶるはでにやっているそうだ」

「倒幕の同志ならば、賄賂などもらうはずはない。大沢は私利私欲のための間者か？」

「どうもそのあたりが臭い」

「それで決心がついた。召しとって調べさせよう。もし潔白であれば、かれも身のあかしをたてたほうが身のためだ」

気持ちがくさくさしているときであったので、いったん引き受けると、楽になった。自分が大沢に殺されるかもしれぬというスリルを楽しんでいるのである。

青年はスリルを楽しむ。

学園闘争でも、成田空港騒ぎでも、その多くの青年は、スリルを求めているのである。若い血の爆発を望んでいるのである。栄一もまだ二十六歳である。

さっそく近藤勇に会って、打ち合わせをした。

近藤は用があって行けぬので、土方歳三が数名の隊士をひきつれた。大沢は紫野の大徳寺境内に住んでいた。

洛北《らくほく》の秋は深く、虫の音があたりの草にすだき、月は中天にかかっている。

「渋沢さん」

土方が足をとめた。

「向こうに見える森の右手に、寺の屋根が見えるでしょう」

「あれが大徳寺ですか」

「近くに酒などを売る家があるので、そこで休息し、その間に大沢の様子を探らせよう」

その家の二階に陣どり、報告を待っていると、大沢は不在だという。しばらくして、いま帰ってきたという報告がはいった。

「では、参ろうか」

と、立ちあがりながら、

「渋沢さん、見物していてください。われわれが寺に踏みこみ、大沢を捕えますから、そのうえでおてまえのご用をたしていただきたい」

「それは」

と、栄一はひざを正した。

「それでは拙者の職掌がたちませぬ。わたしはいわば、陸軍奉行からつかわされた正使です。わたしが奉行の命を伝えて、はじめて大沢は罪人となるのです。罪人ではない大沢になわをかけることは許されませぬ」

「しかし、大沢は浪士をかくまっているといううわさもあり、銃器も所持していると伝えられる」

「大沢は武士だ。それをいきなり捕えるということは」

「大沢はなかなかの使い手と聞いていますぞ」

「運が悪ければ、切られるまで。あとはあなたがたにお願いします」

「あなたは強情なかただ」

土方は好意ある微笑を見せた。

栄一は、玄関に立った。取り次ぎの小坊主に、

「陸軍奉行支配調役、渋沢篤太夫と申す者だが、大沢殿にお目にかかりたい」

大沢の居間に通されると、かれはもう寝巻きに着替えていた。

「奉行の命によりお迎えに参った。奉行所まで同道願いたい」

すると、あっけなく大沢は縛についた。うわさされた浪人の姿は見えず、銃は床の間の飾り物で、弾丸がこめてなかった。

陸軍奉行は深く喜んで、かれにラシャの羽織を贈った。


事件のけりがつくと、またぬるま湯みたいな生活がはじまる。

栄一はフロンティアである。いつも広野の開拓をめざして進んでいくことに、ファイトを賭ける男である。それは持って生まれた天命であった。

すると、また思いがけぬ運命の変転が、かれを訪れた。

こちこちの攘夷論者であるかれが、フランスへ行くことになったのである。

ある日、幕府の目付役、原市之進《はらいちのしん》から、至急たずねるようにという使いが届いた。

おもむくと、

「フランス皇帝ナポレオン三世が、来年パリで世界万国博を開かれる。ついては、世界各国の帝王がその式典に参加することになり、上様にも招待状が届いた。

相談の末、水戸にいられる上様の弟、昭武《あきたけ》公を派遣することになった。昭武公はまだ十四歳なので、そのままパリにとめおいて留学を続けられる。

随員は七名だが、いずれもがんこ者ばかりで事務会計に明るい者はなく、ものの役にたたぬ。また、いろいろ外国との折衝もあろう。

ところで、これは上様じきじきのおことばであるが、渋沢がよかろうと申されたのだ。

随行して、力を尽くしてほしい」

夢を見るような気持ちである。

これまで外国へ行きたいと思ったことはなかったし、行けるチャンスがあるとも思わなかった。

外国の文化が日本よりずっと高いことは、栄一だって知っている。

それを、すべてじかにこの目で見ることができるのだ。

フロンティアのかれにとっては、宝の山へ踏みいるようなものである。足の踏み場もないほどのうれしさであった。

よくよく栄一は、数奇《すうき》な運命にもてあそばれるようにできていたらしい。とかく人間が出世すると、それをねたむ者が出てくるものである。栄一のいなかでもそうで、かれのフランス行きが伝えられると、

「あいつは命惜しさに徳川に仕えていたが、こんどは夷《えびす》の国へ追いやられるそうだ。節操のない男の行く末は哀れなものだ」

と言いふらす者があり、家族の者をくやしがらせた。

慶応二年十二月九日、かれら一行を乗せた長鯨丸は、横浜を出帆した。

このとき、おもしろい話がある。

かれの上役がホテルのボーイの着るえんび服の上着だけ持っていた。栄一はそれがほしくてしかたがない。ちょうど碁がたきであったので、碁で相手を負かしてそれをとりあげた。

船が香港《ホンコン》についたとき、そのえんび服の上着にしまのズボンをはいて町へ出ようとすると、見かねた一外人が、

「ちょっと、渋沢さん」

と、かげへ連れていって忠告してくれた。おかげで恥をかかなくてすんだというのである。

さて、パリに着いてみると、各国の帝王や皇族、多くの貴族が集まっていて、そのおもなものはロシア皇帝ならびに公主、プロシャ王（ドイツ王）とその皇太子、英国皇太子と皇子、ベルギー王、トルコ帝、オランダ皇太子、イタリア皇太子、ポルトガル王妃などで、すべて国賓待遇をうけ、ほとんど連日にわたって、きのうは夜会、きょうは舞踏、あすは競馬とばかり、パリは空前のにぎわいを見せていた。

こうしたはなやかなときには、とかく不祥な事件がつきものである。

パリの郊外で、大観兵式が行なわれた。当日はナポレオン三世が閲兵されるというので、ロシア大帝、プロシャ王その他の貴族が招待され、昭武公も招きをうけたので、栄一は従った。

この日の観兵式はまれに見る大規模なもので、歩、騎、砲、工あわせて六万人の大行進であった。

無事に式が終わり、ロシア大帝アレキサンドル陛下は、ナポレオン三世、その他の皇子と同乗して帰還し、松林にさしかかると、拝観の群衆の中から青年が現われ、ピストルでロシア大帝を狙撃《そげき》した。

警護の騎兵はすぐに青年を追った。青年はつづけさま二弾、三弾を放ったが、いずれもねらいがそれ、一弾は騎兵の馬の鼻にあたり、他の一弾は見物の婦人を傷つけた。

犯人は直ちに捕えられたが、この青年はベリゾウスキーというポーランド人で、少年のときからロシアの圧制に苦しむ祖国の姿に悲憤していた。

十六歳のとき銃をとって革命に参加したが、捕えられそうになったのでパリに逃げ、機械工として働いているうち、ロシア大帝が万国博でパリへやって来ることを知った。

パリへやって来たロシア大帝の行動をうかがっていると、日曜日に競馬見物におもむくことを知り、競馬場へもぐりこんだが、近づくことができなかった。

火曜日、観劇に行くことを知ったので、ぜひ刺殺しようと決心し、ブールバール・ベレチエのかどで待っていた。馬車はやって来たが、護衛の兵が付き添っていて、単身おどりだしていって刺殺することはむつかしい。しかし、このときはじめて、かれはアレキサンドルの顔を見、新たに憎悪《ぞうお》をたぎらせた。

沿道の群衆は歓呼して馬車を迎えたが、かれはその顔に焼きつくばかりの視線を送るのみであった。

かれはその足で銃砲店へ行った。

主人は新品の銃をとりだして見せたが、新品ではいざというとき、故障があっては困ると思い、中古のものはないかと尋ねると、別のたなからりっぱなピストルを出してきた。それを九フランで買い求め、家へ帰ってくると弾丸をこめ、折りたたんだ毛布に銃口をあてて試射してみた。

翌朝──。

パンとソーセージで簡単な食事をとり、ブドウ酒を半びんばかりのみ、その残りをポケットにいれて競馬場に向かい、途中で待ちうけて観兵式場に向かうロシア大帝をねらったが、馬車に出会わなかった。

かれは帰りの道筋をたしかめ、松林の中で馬車を待った。

ようやく待ちに待った馬車がやって来た。

祖国の民衆の恨みをはらすのは、このときである。

さいわい、騎兵はあとに従うのみで、馬車の両側はがらあきになっている。

おどり出していき、アレキサンドルの胸板めがけて第一弾を放った。が、ふだんピストルを持ちなれていぬ悲しさ。テレビの西部劇のようにはうまくいかない。弾丸は遠くはずれてしまった。

「しまった！」

と、第二弾、第三弾を放ったが、それはますますとんでもない方向へ弾丸をとばしてしまった。

すべて二十歳という年齢の若さのためで、行動の理念だけにとらわれ、肝心のピストルの技術はゼロだったのである。

バカバカしいといえばいえる。だが、それが若者なのである。あまりにも純粋で、失敗だらけのことをやってしまうのである。

栄一はこの青年のことを、わが身にひき比べて考えてみる。よく似た境遇である。

かれは代官の横暴に憤激し、それがエスカレートして、高崎城襲撃を考えた。その無謀な発想は、まったくよく似ている。

ところで、万国博覧会場はセーヌ河畔にあって、周囲四キロばかり。東洋では日本がいちばん広い場所をとっていた。

そこには日本式の茶店がしつらえられていて、すべてヒノキづくりの六畳間と土間。土間では茶、ミリン酒などを接待する。

ひろい庭の休憩所にはイスを置き、純日本の風俗をした大きな人形を置き、座敷には、かね、すみ、さとという日本娘がいて、日本人の起居、動作を見せる。着物や装身具がもの珍しく、また日本の女がはじめてパリへやって来たというので、大評判であった。

パリの新聞は、つぎのように報じている。

「博覧会中、もっとも珍しいのは日本の家屋である。小商人の家と茶店で、この茶店というのは道ばたにあって、煮ざかなや酒を客に出すところである。ちょうちんを軒にめぐらし、小池などあって、まわりを松の板べいで囲っているが、これは盗難よけというより、むしろ近所からのぞかれないためである。

入り口の門をはいってまず驚かされるのは、大きなつり鐘で、日本の家は木で作られているので火事が多く、そのときはこの鐘を鳴らして知らせるのである。

座敷の中には三人の日本女性がいて、コマのようなものをもてあそんだり、キセルというもので煙を吐いたりしている……」


パリの町の美しさや、風俗習慣の違っていること、すべての点で日本にまさっていることなど、さすが攘夷論者の栄一も、すっかり兜《かぶと》をぬいでしまった。

西洋料理も苦にならず、パンも、バターも、コーヒーも、みんなおいしい。

かれは尾高新五郎につぎのような手紙を書いた。

「西洋の文明はただ驚きいることばかりです。

わたしは外国を知らずして攘夷論をとなえていた自分を深く恥じています。これからの日本は、かれらに接して、その長ずるところを学びとらねばなりますまい。

文物の富、器械の精巧さもただ感嘆のほかなく、水や火をうまく使っていることは信じがたいほどです。パリの地下はすべて水と火で、火はガスといって形なくして燃え、炎は清らかで、夜も昼のような明るさです。

水はすべて噴水で、町のところどころから吹いています。その水をそそいで道路のほこりをしずめます。そして家はすべて七、八階の石づくりで、その壮麗なことは王侯の住まい以上です。

婦人の美しいことは雪のごとく、玉のごとく、普通の婦人でも楊貴妃《ようきひ》や西施《せいし》にも負けないほどです」

と、絶賛している。よほどパリ娘に魂を奪われたのにちがいない。

が、紋付きにはかま、腰に刀をさしているかれを、パリッ子はどんな目で見たろうか？

しかし、かれとても、パリッ子に見とれているばかりではなかった。もっともかれを驚かしたのは、すべての人間が対等につきあっていることである。

そもそも、かれは郷里で、代官が百姓を虫けらのように見、いばりちらしているのに腹をたて、こんな世の中はひっくり返してしまえと、倒幕に走ったのである。

一橋に仕えて侍になってから、用事で商人の家へ出むいていくと、まるで自分たちと違った人間に出会ったように、ペコペコ頭をさげる。

「お互いに人間ではないか。わたしもついこのあいだまでは百姓であったのだ」

といっても、

「さようでございますか。しかし、いまはれっきとした一橋さまのお侍で……」

と、追従笑《ついしょうわら》いを忘れない。

ところが、パリでは役人も商人もみんな対等につきあっている。

「早く日本もこうならなければならない」

と、つくづくうらやましく思う。かれの理想とするところが、ここではごくあたりまえのこととして通用している。かれにとって、この国は、ユートピアであった。

そして、事務でもすべてごく手軽に行なわれている。これでなければ物事はスピーディにかたづかない。日本では二日も三日もかかることが、ここでは十分ぐらいですんでしまう。

いつ日本がこうした先進国と同じ体制の国になることができるのだろうと思うと、心細いかぎりである。そして、一日も早く幕府を倒して、こうした社会を迎えねばならぬのだと思う。攘夷はまちがっていたが、倒幕はいよいよかれの決心を堅くするばかりであった。

だが、かれは幕臣であり、幕府の金を使ってこのパリに来ているのである。

外国の事情を深く知れば知るほど、幕府という枯れ朽ちた巨木が、どれほど日本の発展を阻害しているかを思い知らされる。

「徳川幕府がつづくかぎり、日本は滅びてしまう。いまは一刻も早く国体を改革して、近代国家としての日本を誕生させなければならない」

すべては、それからである。

だが、まわりの随行員はみんな根っからの幕臣ばかりなので、うかつにそんな意見を漏らすことはできない。

「自分が生きているうちに、そんな日本になるだろうか」

と考えると、心が沈んでしまう。

いくら新知識を勉強してみても、徳川幕府ががんばっているかぎり、すべてその知識は宝の持ちぐされにすぎない。

そう思いながらもじっとしていることのできないかれは、経済について研究した。

ことにかれの興味をひいたのは、株式会社組織であった。

パリにはたくさんの銀行や会社がある。銀行や会社は、大衆の金を集めて、大規模な営利事業を営んでいる。ひとりひとりの投資は少なくても、数が集まれば巨大な額となる。ちりもつもれば山となるで、会社はその金を使って国の産業を富まし、国民に利益をわけ与え、互いに富んでいく。

かれは銀行家のフロリヘラルドについて、銀行の業務をふかく学んだ。

栄一はちょんまげを切り、大小を捨てて、洋服を着こんだ。すると、スマートな青年紳士ができあがった。


慶応四年――明治元年一月二日。

驚くべき知らせが、パリに伝わった。

徳川慶喜が、大政を奉還したというのである。

昭武をはじめその随行員はすべて幕臣なので、驚きはいうまでもない。栄一も、まさかこんなに早く幕府が倒れようとは、夢にも思わなかった。

どうすればいいのか――みんなで意見を出しあった。

「お家の大事、一刻も早く帰国しなければならぬ」

という者もある。

が、栄一はその意見には反対であった。

「いま日本はてんやわんやの騒ぎであろう。そんなところへ年若いお上をお帰しし、事件の渦中《かちゅう》に投げ入れるより、さいわい外国にいて禍乱を避けているのだから、このままとどまったほうがよい」

と、主張した。

「しかし、残るにしても、もう幕府より送金はあるまい。それをいかがする？」

「金はある」

と、栄一は語った。

彼はフロリヘラルド氏のすすめで、フランス公債や鉄道株を買っていたが、これが値上がりしていたのである。

昭武公もとどまることを希望されたので、そのまま留学をつづけることになり、栄一と他に四人を残して、その他の者はすべて帰ることにきまった。

なお、幕府から派遣されている若い留学生が、フランスやイギリスに二十人ばかりいた。その様子をさぐってみると、みんな金に困り、イギリスの船会社に頼んで、貨物船で帰るのだという。

かわいそうに思ったので、栄一は金を出してやることにし、みんなをパリに集め、昭武公の借りている家に寄宿させた。

すると、二、三日して、代表の者がやって来て、

「フランス船で帰していただくことはけっこうだが、この待遇はなんだ。まるで豚扱いじ

ゃないか」

と、ねじこんできた。

栄一は思わずカッとなった。

なるほど、多くの留学費をもらい、はでに使ってきたかれらから見れば、栄一のやり方はけちくさくて、みみっちいかもしれない。が、かれとても苦しいやりくりをしているのである。

「きみたちはわたしよりいくらか若いようだが、喜望峰まわりの貨物船で帰るというきみたちをきのどくに思えばこそ、こうしてお世話しているのではないか。

だだっ子でも人間の道を知っているなら、飯ぐらい自分で盛る。それを、きみたちはまるで花見遊山《ゆさん》にでも来ているような気持ちでいる。

冷遇だというが、拙者もきみたちと同じものを食っているではないか。豚扱いというが、きみたちを豚と思えば、フランス船にのせようなどと思わん。気にいらなければさっさと出ていってもらいたい」

と、しかりつけた。のちに外務大臣になった林薫《ただす》は、

「渋沢さんをおとなしい人だと思って、なめたのがいけなかった。ものすごい勢いでどなられた」

と、語っている。

幕府からの送金はとぎれたが、倹約してやっていけば、四、五年はもちそうである。秋になって、水戸の藩公が急死し、昭武公がそのあとを相続することになり、水戸藩から迎えの者がやって来た。

これではしかたがない。栄一も帰国しなければならなくなった。

船が上海《シャンハイ》へ着いたとき、栄一は会津《あいづ》藩士、長野慶次郎の来訪をうけた。長野は会津藩に召しかかえられたドイツ人、スネールといっしょに、上海へ銃を買いに来ていたのである。

長野は、栄一に説いた。

「前将軍は政権を返上して謹慎していられるので、いまさら首領にいただくわけにはいかぬが、幕府の強力な海軍は函館《はこだて》に集まっている。まだまだ戦える。もし、昭武公がここから函館へお回りになれば、幕府の士気はふるいたち、大勢を挽回《ばんかい》するのもむつかしいことではない。そのうえ、スネールは鉄砲や弾薬をじゅうぶんに供給してくれるといっている」

「香港で会津は落城したと聞きましたが、ほんとうですか?」

相手の虚をついて、栄一は意地の悪い質問をした。長野はうろたえながら、

「まだ確報は来ていない。万一、落城していても、武器さえあれば、まだまだ薩長などに負けるものではない。昭武公を函館へお連れするよう、きみもひとはだ脱いでくれぬか」

と、しつこく食いさがってくる。

「お断わりします」

きっぱり断わった。

かれは、幕府の瓦解《がかい》を喜んでいるのである。

ようやく日本に黎明《れいめい》が訪れたと信じている。なぜ、いまさら、幕府再建に手を貸すことができよう。

「前将軍が謹慎していられるのに、その弟君に兄の意志に反することを勧められましょうか。われらの任務は、ただ昭武公を無事に国にお帰しすることのみ。昭武公はすでに水戸家相続人になっていられる。公の進退は水戸家で計らうことであって、われわれの口をさしはさむところではない」

と断わって、一行は横浜へ帰ってきた。

思えば二年まえ、この港を将軍の弟としてはなばなしく出発した昭武公も、いまは朝敵として、つめたく迎えられた。

昭武は水戸藩の家臣とともに東京へ向かったが、事務係の栄一は船から荷物を受け取ったり、いろいろあと始末をしなければならぬことが多い。

これから先、自分がどうなるのか、かれにはわからない。

かれが待ち望んだように、幕府は倒れ、新しい日本がやって来た。

しかし、それは薩長が連合して作った日本で、かれは旧幕臣である。

横浜の事務が終わると、かれは江戸へ向かった。

江戸は東京と改名されていた。なじめない名だったが、これからすべてのことが改革されなければならぬのだと思う。

東京へ着いて旧知をたずね、聞いてみると、友人の多くは戦死したり、函館へ脱走したりしている。もっともかれが会いたいと思っていた喜作も、消息を絶って生死不明であるという。函館へ走ったといううわさもある。

「みんなそれぞれに動揺し、ふだんの考えとまるで違った行動をとった者が多い。だれが何をしたのか、かいもく判断がつかない」

そうかもしれない。あの倒幕論者であった喜作が、幕軍とともに函館へ走るということは考えられない。が、そうした狂気の一時期であったのだろうか?

「喜作よ、生きていてくれ」

そう思う。いっしょに苦労を分け合った友だちである。かれだけは生きていてほしい。

いろいろ報告しなければならぬこともあり、水戸藩邸へかれは昭武公をたずねた。

フランスにいる二年の間、かれは昭武公のおそばにつきっきりでお世話した。慶喜公への手紙もかれが草稿をしたためたほどで、衣服、食物、運動、なにひとつとしてかれの手をわずらわさぬものはなかった。

ふたりの間に親しさがましたのは当然のことで、フランスから帰る船の中で昭武公から、

「わたしは水戸藩の藩主となっても、ほんとうに力になってくれるような藩士も少なく、ことに水戸藩は騒動の多いところなので、先が思いやられる。日本へ帰っても、おまえはわたしに従って、水戸へ来てくれぬか」

というお話があった。

しかし、栄一は慶喜の家臣なので、自分ひとりの考えでお答えするわけにはいかない。水戸家を相続した昭武の心細さを考えるとおきのどくであったが、栄一はここでまた他藩へ行って苦労したくなかった。

かれは慶喜公が謹慎している静岡へ行き、慶喜公のめんどうを見るか、それでなければ武士をやめて商人になりたい。パリで学んできたことを実際にやり、民間の企業を興したい。だれにもできぬことを、自分でつくりだしたい。――そう思っている。

藩邸へお伺いすると、昭武公は喜んで迎え、水戸へいっしょに来てくれるようにと、また繰り返される。

「わたしはこれから静岡へ参りますので、すべてはお上にお会いしたうえで決めたいと思います」

と、答えた。

昭武公は慶喜への手紙を、かれに託した。

さっそくしたくをして静岡へおもむき、フランスで使った金の明細書と、残りの金を静岡藩の勘定組に届けた。

慶喜は宝台院という寺に謹慎していた。

ひどくそまつな寺で、通されたへやも狭くて灯影《ほかげ》は暗く、はだ寒い風が身によせてくる。はなやかであったパリの生活に比べると、これが前将軍の住まいであろうかと、胸のふさがる思いがする。

畳は黒くよごれて破れ、障子はすすけている。

ふと、人影がさして、静かに対座した。見ると、慶喜公自身である。

いかに落ちぶれたといえ、まだ静岡藩七十万石の藩主である。こんな対面になろうとは思いもよらなかった。

思わず栄一は平伏し、

「かような場所で拝謁申しあげようとは、思いもかけぬことでございました。まことに残念です」

と申しあげると、

「わたしは民部のことを聞くために会うたので、さような話をしたいとは思わぬ。さっそくながら、民部のことを聞こう」

と、仰せられる。

気を取り直し、栄一は、欧州の状勢を物語った。

聞き終わった慶喜は、満足の色を見せ、

「遠く外国にあってこのたびのことを聞き、さぞ難儀なことであったろうが、よくやってくれた。過分に思う」

それで会見は終わった。

栄一は慶喜から昭武にあてたご返書を待っていたが、いつまでたっても、ごさたがない。そのうち、藩庁から出頭を命ぜられ、「礼服を着用するよう」という命令である。前将軍の手紙をうけとるだけなのに、なぜ礼服が必要なのであろうかと、いぶかしみながら出頭すると、

「勘定組頭《がしら》を命ず」

という辞令を渡された。

「身にあまる光栄ですが」

と、栄一は勘定頭の平岡準蔵に訴えた。

「民部公子の言いつけで、わたしはご直書を前公にさしあげ、その返書をもって民部公子にお届けするよういわれております。お役をうけるよりまえに、まずその仕事を先にすましたいと思います。よって、一日も早くご返書を賜わるようご高配願います」

「なるほど、ごもっとも……伺ってまいる」

と、平岡は中老べやへ出むいていったが、やがて帰ってくると、

「水戸へのご返書は、べつに使者を出されるとのことである。貴殿には勘定組頭を申しつけたるにより、すみやかにお受けするようにと、大久保殿よりの口上でござった」

「それはお受けできかねます」

憤然と、顔色を変えて、栄一は宿舎にもどってきた。

平岡には、なぜかれがそんなにおこったのかわからない。そこで、かれと親しい大坪をやってその意のあるところを聞かせた。

栄一はまだおこっていた。

「中老とか、勘定頭とか、役名はもったいぶっているが、まったくバカバカしいかぎりだ。自分はわずか七十万石、静岡藩主となられた前将軍から禄をむさぼらんがために、やって

来たものではない。

民部さまはパリ留学中このようなことになり、ひどく兄君の身を案じていられる。さっそくおたずねしてお慰めしたいのであろうが、許されぬまま、自分を使者として、兄君に書を奉られた。それは、書面では意のつくされぬおりには、自分にくわしい説明をさせるためであった。

そして、いま民部さまの待っていられるのは兄君の返書であり、また前将軍がいかがお暮らしになっているか、それを親しくわたしの口から聞きたいと望んでいられる。それは兄弟の情として、当然のことであろうと思われる。

しかるに、ご返書を別人に任せるというのは、どういうことなのだ。高貴のかたは人情に乏しいそうだが、側近のかたがたもいられるのに、このような扱いはあまりに情がなさすぎる。わたしはこのようなところで禄をもらって住みたくない」

大坪は栄一のけんまくに驚いて、帰っていった。

あくる日、大久保一翁《いちおう》から呼び出し状がきた。おもむくと、

「きのうはずいぶんと立腹のようであったが」

と、笑いながら、

「事情を知らぬため、そのようにおこったのであろうが、まず聞かれるがよい。

じつは、昭武公よりそなたを召しかかえたいという申し出があった。昭武公はひどくそなたに執心ゆえ、そなたが返書をもって水戸へおもむけば、そのまま召しかかえて重用しよう。

もともと水戸藩士は党派をくむことが好きで、猜疑心《さいぎしん》がふかく、激しやすい。水戸藩士はそなたを快く思わず、そなたの身に危害が生ずるやもしれぬ。それを案じて、君公じきじきのおことばで、他の使いを出すようにとのご指示であったのだ」

栄一には思いがけぬ話であった。

慶喜がそれほどまでに自分の身を案じてくれているとは、意外であった。きのうのことばを思い出すと、穴があればはいりたいくらい恥ずかしい。

この人（慶喜）のために、身をささげてつくそうと、心に誓った。

ちょうど年の暮れも迫り、正月を迎えることになったので、栄一は故郷へ帰った。飛ぶように足がはずむ。

山々は雪をかぶり、風はつめたかったが、故郷の山河は暖かくかれを迎えた。

早く妻の千代に会いたい。両親に会いたい。子どもに会いたい。

広い表庭から家に近づいていくと、台所の広い土間でもちをついている音が聞こえてくる。

「なつかしいな」

そのなつかしさをかみしめるように、かれはあたりを見まわした。かれがいたときとほとんど変わっていない。日本の激動をまるで知らぬげに、のどかに生活しているように見える。

ちょっと、かれはちゃめっけを出した。あまりのうれしさが、かれにそんな気を起こさせたのかもしれない。

「渋沢篤太夫、ただいま帰着しました」

かれは大声で呼んだ。

家の中が、しーんとなった。

だれかが表をのぞいたのだろう。

「栄一さんじゃ」

と、とんきょうな声をあげた。

「フランスから帰ってきたんじゃ」

みんなワッとなだれるように、表へ飛び出してきた。

そして、じろじろとかれをながめる。

かれはまげを切り、腰に刀を帯びず、瀟洒《しょうしゃ》な洋服姿で、シルクハットをかぶっている。村の人は、こんな日本人を見るのははじめてである。

ポカンと口をあいている。

妻の千代も、そんなかれを見るのが恥ずかしい気がした。うれしさに涙をしたたらせながら、母はかれを見ている。そして、

「りっぱに成人してくれたのう」

と、喜んでくれた。

家へはいると着物に着替え、ふろにつかった。千代が背中を流してくれる。みやげに持ってきた石けんをとりだして使わせると、

「これがシャボンというものだそうだ」

みんな集まってきて、いつまでもわいわいいっているので、栄一はカゼをひきそうになった。

炉ばたにあぐらをかき、茶を飲みながら、つきたてのもちを食べる。

娘の歌は、もう六歳になっていた。

「こちらへ来んか」

と手招いても、遠くからかれを見つめるばかりである。おもちゃのひとつも買ってくる

のであったと、そのときはじめて気づいた。

他出していた父が帰ってきた。

千代が父のへやに酒肴《しゅこう》の用意をしてくれた。父と子は、水いらずで酒をくみかわした。

「どうも親不孝を重ねてすみませんでした。お父上も健全でなによりです」

「おまえも苦労してせっかく帰ってきたが、見るとおりの世の中になってしまった。これからどうして生きていくつもりだ」

「お上がわたしに勘定組頭というお役をくださいましたが、わたしはフランスで習い覚えた知識を役だて、商業を営みたいと思っています」

「わしも、おまえは武士よりも、商人のほうがむいていると思っている。それで、わずかながら金子を用意しておいた。自由に使うがよい」

「そのことでしたら、おことばを返すようですが、わたしも金子を用意してきました。それは、いつか幕吏の目をのがれてこの家を出るとき、父上からちょうだいしたもので、お返ししなければならぬと思っていました。

一橋に仕えてからは倹約を旨としてきましたので、さいわいお返しする額に達しました。どうぞお受け取りください」

と、金をさしだした。父は笑って、

「おまえはむてっぽうなところもあるが、そういう義理がたいところはわたしによく似ている。どうもありがとう。預かっておこう」

と、受け取った。

正月の三ガ日が過ぎるまで家にとどまり、かれは静岡へ帰ってきた。帰ってくると、さっさく大久保一翁にかれは辞職願いを出したが、どうしても聞きいれられぬ。

ある夜、平岡を訪れた。

「きょうは、ちと、ご相談したいことがあって参りましたが」

すると、平岡もすぐ、

「きみは、大久保さんのところへ、辞職願いを出しているそうだが」

「じつは、そのことでご相談にあがったのだが」

「新政府から招きでもあったのかね」

栄一は、自分ではそれを自覚していなかったが、当時、外国を見聞してきた帰朝者は、金の卵であったのである。

「さようなことではありません。わたしは前将軍の恩を感じ、一身をなげうつ覚悟ですが、わたしにはわたしなりに、自分の進むべき道があります。その経綸を行なうためには、静岡藩の役人であっては、ことがなしにくい。わたしは商業の道を歩みたいのです。そのために武士を捨てたいと願っているのです」

平岡は驚いた。このころになってもまだ階級の差は残っていて、町人といえばけいべつされている。静岡藩、七十万石の勘定組頭という栄職をなげうって、栄一は一介の町人になりたいという。

栄一はひざをすすめた。

「近く新政府より、当藩へ七十万両の新紙幣がつかわされるそうですが」

「七十万両のうち五十三万両は、すでに当藩に参っておる」

「それをどのように使われますか」

さしあたって平岡も、その金をどんなふうに使えばよいのか、妙案もなくて、その処置に困っている様子である。

その七十万両の新紙幣というのは――。

幕府がつぶれたとき、何万両かの金を小栗上野介《おぐりこうずけのすけ》が赤城《あかぎ》山中に隠したとかいうことで、いまでもまだその伝説を信じて掘りつづけている人がいるが、じっさいには幕府の財政は底をついていた。

世の中が騒がしくなるにつれ、幕府の赤字は飛躍的に増すばかりであった。

元治年間には、家康《いえやす》が残しておいた準備金も使ってしまい、将軍上洛《じょうらく》の費用は、富士見金蔵の古金銀をつぶしてやっとあがなったほどである。

勘定奉行《ぶぎょう》の立田主水《たつたもんど》は、

「このありさまでは、数カ月しかもつまい」

と、嘆息したといわれる。

長州征伐に幕府が軍を動かすことのできなかったのも、軍費がないためであった。金はない。軍の装備は劣っている。これでは長州に勝てるはずがなかったのである。

幕府のかわりに政権をとった明治政府も、もとより金がない。経済のことはなにひとつ知らぬ豪傑ぞろいである。金がなければ印刷すればいいだろうということで、五千万両という新紙幣を作った。いわゆる太政官札《だじょうかんさつ》というものである。

すぐそれが天下に流通すると思ったが、そうはいかない。国民はそんな紙幣など使いたがらない。いつ紙くずになってしまうかもしれない。百両の紙幣がせいぜい六十両にしか通用しないというありさまで、これに困った政府は、全国の大名に割り当てた。

十万石の大名には新紙幣十万両、百万石の大名には百万両というぐあいに割り当てたのである。もちろん、ただでくれたのではなく、年三歩の利子がついており、十三年年賦で返さなければならない。

静岡藩は七十万石なので、七十万両の割り当てがある。栄一はこの割り当てられた七十万両の新紙幣に目をつけたのであった。

栄一は、平岡に説いた。

「いまは当藩も多事多難のおりで、うっかりしていますと、その七十万両、何に使ったともわからず費消してしまいましょう。

当藩は見るべき産業もなく、七十万両使い果たしてから、新たにこれを作り出すといっても、容易なことではありますまい。なお、当藩は政治のうえで朝敵の汚名を被っています。そのうえ経済上の破綻《はたん》があったとなっては、新政府に当藩とりつぶしのよい口実を与えることになりましょう。

それで、その金を殖産興業にあて、その運転によって生じる利益金によって返納にあてることにすれば、当藩の利益はいうまでもなく、人民も幸福になることと思います」

「なるほど。それで、その具体策としては?」

「外国には株式会社というものがあります。これは、多くの人から金を出させ、ひとつの商社を設営して、その運営によって得た利益金を、株主に分け与えるものです。

これを行なうには、わたしが当藩の役人であるよりも一個人であったほうがやりやすいので、辞職を請うたわけです」

「なるほど、よくわかった。重役がたに相談してみるゆえ、ひとつ書面にそのほうの考えをくわしく書いて、さし出してくれぬか」

重役会議の結果、栄一の策は用いられることとなり、商法会所が設けられ、藩の豪商、豪農を網羅《もうら》する新会社が発足した。日本ではじめての株式会社である。

いつでも栄一は、不思議な運命に見舞われる。

人間にはそういう時期があるのかもしれない。それをどうのり越えるかで、人間の価値がきまるのかもしれない。

このときもそうであった。

栄一は東京へ出てくると、米、油、紙、肥料など、大量に買い入れた。

こうしてかれの理想とする新天地が開けようとしたとき、思いがけないじゃまが生じた。

それは——。

新政府がかれを召しかかえたいといってきたのである。

大久保一翁からその話を聞かされるや、

「お断わりください」

と、断固、かれは反対した。

「すでにわたしは、政治の野心は捨てています。フランスから帰ってきたとき、この国の商法を盛んにしたいと、志をきめました。いまわたしのその希望は達せられ、新会社は発足しました。これに全力をつくすことこそ、わたしの喜びです」

「そなたの言いぶんはよくわかるが、当藩としては、新政府の申し出を断わることはできぬ。断われば、新政府にたてつき、人材を惜しんだとにらまれよう。当藩としてもそなたを手離したくないが、やむをえぬ」

「そうですか。それでは、わたしがじきじきに行って、断わってきます」

東京へ出てくると、栄一は、租税正に任ず、という辞令をうけた。

かれは驚いた。租税正というのは、租税司の長官である。たかが平社員でこき使われるのだろうと思って出ていくと、いきなり部長のイスにすわらされたようなものである。

そのころ、大蔵省の実権者は、大隈重信《おおくましげのぶ》であった。

栄一は、大隈邸へ出かけていった。

「せっかくのおぼしめしですが、いま静岡でとりかかっていることもありますし、また、こんど命じられたことは、まるで経験のないことですから、とうていご期待にそうことはできないと思います。それで、ぜひご辞退申しあげたいと思います」

すると、大隈は笑って、

「いまの新政府に働く者で、役所の仕事に精通している者などひとりもおらん。すべてこれから作っていくんだ。国造りだよ、渋沢君。みんなで新しい国を造っていくんだ。たとえてみれば、八百万《やおよろず》の神が高天原《たかまがはら》に集まって、国を産んでいるところだ。きみも八百万の神のひと柱となって、新しい日本の建設にひとはだ脱いでくれたまえ」

弁舌にかけては当代一の大隈である。うまく栄一は言いくるめられてしまった。大隈は栄一が断わるにちがいないことを知っていた。あとでそのときの様子を、つぎのように語っている。

「渋沢君は旧幕臣で、明治政府には仕えないといっておった。それを推薦してきたのが郷《ごう》純造《じゅんぞう》君（郷誠之助《せいのすけ》男爵の父）である。

郷の推薦なら使ってみようと思って話してみると、渋沢君はなかなかがんこで、容易に出仕をがえんじない。

いまでこそ氏は円満の大人であるが、当時はまだ一見壮士のごとく、元気当たるべからざるもので、これを説伏するのはなかなかむずかしかったが、いまは旧幕臣であるの、薩長であるのと、そんなけつの穴の小さいことをいうときではない。日本の国がひとつになって、新しい国造りをするおりじゃ、と説いて、とうとう納得させた。

ところが、大蔵省の官吏たちは、かれを重く用いたということで、わがはいのところへやって来て、旧幕臣を自分たちの上へ抜擢《ばってき》するとはなにごとだと、やかましい談判である。わがはいは、まあ見ておれといって、渋沢君に思う存分働かしたが、君の働きぶりはじつに精悍《せいかん》なものであった。

当時の大蔵省は、財政のことはもちろん、今日の農商務省（農林省、通産省、郵政省）また法務省の仕事、それに地方行政なども受け持っていたので、繁劇なることは非常なものであった。

渋沢君は八面鋒《はちめんぼう》という勢いで働かれた。財政のこと、地方行政のこと、殖産興業のこと、あらゆることに活躍された。

考えもよく、計画も立ち、それに熱誠もってことにあたられたから、六カ月もたつと、先に反対した者は大いに驚いた。

こんどは不平組が謝罪にやって来た。まっさきに反対していた玉乃《たまの》が、まっさきにわびてきて、『渋沢君はとてもわれわれの及ぶところではない。まことに得がたき人である。先に無礼なことをいったのは、われわれの思い違いで、まことに相すまぬ』といって、それからは渋沢君と懇意な間がらとなった」

栄一も当時を顧みて、

「用事が山ほどあったので、三日も四日もほとんど一睡もせずに働き通したが、平気だったよ」

と、語っている。

よほど頑健《がんけん》なからだであったらしい。渋沢秀雄氏の『父・渋沢栄一』によると、

「わたしの高校時代だから、父はもう七十を二つ三つ越していた。夏休みに兄やわたしが家へ友人をよんでトランプなどやっていると、夜分帰宅してきた父も仲間にはいって、いっしょによく徹夜したものだ。

若いわたしたちは徹夜のあとで昼すぎまで寝たのに反し、七十二、三の老人は、そのまま一睡もせずに、早朝からつめかける訪問客と面接し、それがすむと都心へ出かけて一日の激務をかたづけ、晩は宴会などにまわって十一時ごろ帰宅するのだったが、いっこう疲れた様子など見せなかった」


役所勤めをして、栄一の驚いたことは、役人といっても、ついこのあいだまでは、「倒幕攘夷」であばれまわっていた連中だけに、事務などとる者はなく、議論に花を咲かせ、てがら話をして茶ばかり飲んでいる。

これではいかん、と、栄一はすぐその改革を考えた。

さっそく大隈のところへ行き、実状を話し、

「いまのままでは、事務は渋滞するばかりです。そこで、有為の人材を集め、ここですべてのことをはかるようにしたらいいでしょう」

と、提案した。

「それはいい案だ。さっそくとりかかることにしよう」

と、大隈も乗り気で、「改正掛《がかり》」という局が新たに創設された。

何もかもここで取り決めようというのだから、その忙しさといったらない。

多くの問題が山積している。それをみんなで討議して、てきぱきとかたづけていく。そして、ここで決まったことは、すぐ法令化されて、実施される。

前島密《まえじまひそか》の『鴻爪痕《こうそうこん》』には、その当時のことが回顧されている。

「自分は召されて民部省に出頭してみると、九等出仕で改正局勤務と言い渡された。九等出仕では奏でる任官以下なので、自分は大いに不満だった。

そこで、杉浦譲《すぎうら》をたずねて相談するに、杉浦のいうには、改正局は民部、大蔵両省の間にある特別の局で、大隈、伊藤（博文）の顧問局とも見るべき重要なポストであるということなので、出頭してみると、会議のときには大隈、伊藤も出席し、上下の区別なく議論白熱し、すべてが胸をひらいて討論している。自分は大いに喜び、愉快に感じた」

改正掛としてまっさきにしなければならぬことは、租税の調査と、全国の測量であり、また戸籍も新たに作らねばならぬ。貨幣制度も新たにしなければならぬ。

考えれば頭の痛いことばかり。

栄一は戸籍法の草案を書いた。封建時代の多くの身分を廃して、その第一条に、「天下の万民はすべてこれ王民である」と書いた。

思えば、まだいなかにいたとき、代官所へ呼び出され、御用金を命ぜられたときから、最もかれの待ち望んでいたことである。「天下の万民はすべてこれ王民である」これではじめて身分の差はなくなった。百姓だからといって、代官所へ呼び出され、額を土にこすりつけなくてもすむのである。

「やっと新しい時代がきた」

そのことを、しみじみ感じる。

そして、さらに大鉄槌《だいてっつい》をふるわねばならぬときがきた。

それは廃藩置県の問題である。

徳川幕府はなくなったが、まだ日本各地に殿さまは残っていて、領地を持っている。その領土を奉還させ、殿さまを廃して、かわりに政府の役人を置こうというのだから、難事業である。

栄一は、また、この草案を書いた。

その会議の席へ栄一は草案の説明者として出席したが、西郷隆盛は、

「まだ戦争は足り申さん」

というばかりで、かれの説明などまるで聞いていない。

西郷とはまえに、豚なべをつついた仲であるが、栄一は腹がたった。

会議が終わって大蔵省へ帰ってくると、大蔵大輔《たゆう》の井上馨《いのうえかおる》に、その不平を訴えた。

「西郷さんという人は、偉い人だということですが、きょうのあの態度はなんですか」

すると、井上は笑って、

「あの人はいつでも結論だけしかいわぬ人だ。なにか考えているんだ」

それから数日して、

「わかったよ、渋沢君」

と、井上がいった。

「西郷さんの腹は、これだ。廃藩置県を断行すれば、旧藩主の恩義を忘れない藩士たちが反抗する。戦争は避けられまい。だから、政府はまず軍備をととのえなければならない、という意味だったのだ」

「なるほど」

と、栄一も納得した。

このころ栄一は、二日も三日も寝ないことは普通になっていた。あるとき、のちに鉄道関係者の第一人者として、いまでも東京駅頭にその銅像のある井上勝《まさる》がやって来て、話しかけた。

栄一は「ふむ、ふむ」とうなずきながら、仕事をつづけている。その無礼な態度に、井上は怒って、

「ひとが話している間ぐらい、手を休めて聞いたらどうだ」

「いや、もっともだが、これは急ぎの用だ。きみの訪問を断わろうと思ったが、せっかくたずねてきたものを断わるのもどうかと思うので、こうして仕事をしながら聞くのだ。おこらずに話してくれ。用がたりればいいのだろう」

「よし、それじゃ聞いてくれ」

井上は用件を話す。その間に部下がやって来て、なにか報告したり、意見を求めたりする。

井上の話を聞き終わるとすぐ、栄一は答えをのべる。井上は感心して、

「ナポレオンは数本の手紙を一時に書いたというが、きみはいつからこんなことをやっているのだ」

「いや、おれもはじめてだ。いつかいっぺんやってみたいと思っていたので、やってみた

までだ」

「それじゃ、わしは試験台に使われたわけだね」

「これで自信がついた」

「きみには参った」

ふたりは笑いあった。

栄一の上役である井上馨は、かんしゃく持ちで、雷おやじとして有名であったが、陽気で、人を見る目があり、栄一を高く買ってくれたので、ふたりのウマは合っていた。大蔵卿の大久保利通《としみち》は陰性で、だから栄一も井上も、大久保をきらっていた。

あるとき、大久保が栄一のところへやって来て、

「渋沢君、来年の陸海軍の歳費は、陸軍八百万、海軍は二百五十万に決めたから、よろしく頼む」

という。大久保にしてみれば、維新の三傑として、天下に権勢並びない自分のいうことであるから、渋沢など一も二もなく承諾するにちがいないとタカをくっていたものであろう。

「それは困ります」

と、栄一はやり返した。

「なぜかね」

大久保は、ムッとした顔になった。

「おことばを返して失礼ですが、国の予算というものは、歳入の見込みがたってから歳出を考えるべきだと思います。

まだ来年の歳入がいくらあるかはっきりしないうちに、いきなりそんな多額なものを押しつけられても、返答のしようがありません」

「きみは」

と、大久保はくちびるを震わせた。

「日本の陸海軍がどうなってもかまわんというのかね」

「そういうわけではありません。わたしにも陸海軍の重要なことはわかっています。しかし、まだ歳入がわからぬうちに、そういうおことばは困ります」

じっさい、そのころはすべてに創業のこととて、各省から膨大な予算を吹っかけてくる。いちいちそれに応じていたのでは、金がいくらあっても足りないので、あちらを削り、こちらを減らしている。すると、井上は横暴だ、渋沢はけちだとけなされる。

その矢面に立って、いつでも貧乏くじをひいているのは栄一である。

大久保は長官だから、そんな部下の苦労などまるでわからない。自分がいえば、部下だからなんでも聞いてくれると思っている。

たとえば、こんなことがあった。

ある日、突然、西郷隆盛が「西郷吉之助でごわす」といって、栄一の家をたずねてきたのである。

まえには豚なべをいっしょに突ついた仲であるが、いまではかれは人気随一の参議である。

ていねいに迎えると、相馬藩には二宮尊徳の残した「興国安民法」というよい制度がある。それがこんどの廃藩置県で廃止されるそうだが、あれだけの良法なので、ぜひ残してほしいと相馬藩の者が頼みにきた。それで、あれは残してやってほしいという話である。

栄一は、えりを正して尋ねた。

「ぶしつけながら、参議は、その興国安民法なるものは、いかなるものであるか、ご存じでしょうか」

すると、西郷はけろりとして、

「いや、いっこうに知り申さん」

いかにも西郷らしい返事で、相馬藩士に頼まれたので、やって来たのだという。だが、それは西郷一流のおとぼけで、それがどんな法であるか、まるきり知らずにやって来るはずがない。

そこで、栄一もとぼけて、

「さきほどからお話を承っていますと、あるいはそうではないかと思いましたので、失礼をも顧みずお尋ねしたわけですが、二宮尊徳の教えというのは、歳出に一定の予算を定めおき、収益が多くて金のあまった年には、その金で殖産をはかったり、新規の事業を興したりすることです。ところで、あなたのご職分は何でしたろうか？」

「わしは参議でごわす」

「その参議ともあろうかたが、かかる陋屋《ろうおく》へおたずねくださるのは、光栄至極のことですが、あなたが興国安民法をよい制度と思われるならば、なぜ、ご自身がこの良法と反対の行動をお取りになるのですか。

わたしたちが苦心して各省の予算を定めると、やれ、これでは少ないといって、各省が騒ぎだす。太政官《だじょうかん》はその要求をいれて、わたしどもへ押しつけてくるというありさまで、このことはすでに太政官へ陳述したことがありますから、すでにご存じのことと思います。

全日本のために興国安民法の精神を用いられず、一相馬藩のために計られるというのは、つじつまの合わぬお話と思います」

栄一の舌鋒《ぜっぽう》が鋭かったので、西郷は驚いて、

「きょうは懇談しようと思って来たので、かかる大議論を聞こうとは思わなんだ。えろうしかられたもんでごわす」

そういって帰っていった。

さて、大久保とけんかした栄一は、辞表をふところにして、井上をたずねた。

きょう役所で、大久保との間に起こったできごとを説明して、

「わたしにはどうも官吏は勤まらぬように思います。もともとわたしは商人の出なので、日本の商工業のために力を尽くしたいと考えています。

いまの日本を見ますに、学問があるとか、気力があるとか、知恵があるとか、人にすぐれた才能を持つ者はすべて官途に進むというありさまで、これでは民間に人物がいなくなる道理で、国の発展は望めません。わたしは野にくだり、民間の商工業のために力を尽くしたいと思います」

と、ふところにしてきた辞表をさし出した。井上は驚いて、

「困る。それは困る」

と、辞表を押し返した。

「いま、きみにやめられては困る」

そういって、

「そなた同様に、わしも大久保は好かぬ。虫が好かぬというのか、どうもはだが合わぬ。それはそなたも知っていよう。だから、そなたの憤慨もよくわかるが……しばらくがまんしてくれ。

じつは、条約の改正かたがた海外視察のため、岩倉公が大使となって外国へおもむくことになっている。こうなると、大久保もいっしょに行かざるをえまい。ま、短気を起こさず、がまんしてくれたまえ」

と、慰められた。

ところが、翌年になると、また各省の予算争奪戦がはげしい。井上と栄一が不眠不休で作った予算書も、つっ返されてしまう。ほぼ要求の通った省は黙っているが、予算を減らされた省はぶつぶついって、

「井上は横暴だ。渋沢はけしからん」

と、参議を動かして、予算の増額をねじこんでくる。

つくづく栄一はいやになってしまった。

気の短い井上もおこって、

「政府がそんなにこの自分を信用しないのなら、辞職のほかない」

といって、辞表をたたきつけた。

役所へ帰ってくると、栄一に、

「いま、辞表を出してきた。あとのことはきみがよろしく頼む」

という。そのかってさに栄一はあきれて、

「待ってください」

と、とどめた。

「まえにわたしがやめたいといったとき、あなたに慰められて、やっと踏みとどまったのです。わたしはあなたがおればこそこの職についていたので、あなたの意見が用いられない役所にわたしがいて、どうなると思います。あなたがやめるのなら、わたしにもやめさせてください」

「そういわれればそうだ。じゃ、おまえもいっしょにやめるがよい」

ということになって、ふたりはいっしょにやめてしまった。


栄一は、次のように語っている。

「……それまでもわたしはいくども辞職したいと思ったが、そのつど引き止められ、ついついこの年まで役人生活を続けてきたのである。

井上侯が辞職される際にも、きみだけはとどまって大蔵省の事務をとるようにすすめられ、三条太政大臣や岩倉右大臣からも、人を通じて、大蔵省の実権を握っている大官がいっしょに辞職されては政府も困るから、井上の辞職はしかたがないとしても、渋沢だけはぜひ残ってほしいという話があった。

わたしも情においては忍びなかったが、もしこのまま踏みとどまっていれば、ぬきさしならぬようになり、これ以上重用されることになっては辞職することができなくなるので、むりにやめてしまったのだ。

わたしの志すところは、わが国商工界の進歩発達に力を尽くそうというにあった。

わたしが野にくだった明治六年ごろの実業界というものは、じつに不振をきわめたもので、いまではほとんど想像もできないほどであった。

ことに官尊民卑のふうがはなはだしく、秀才はすべて官途につき、書生連中もことごとく官途を志し、したがって実業など口にする者はなく、口を開けば天下国家を論じ、政治を談ずるというありさまであった。

そういうわけで、実業教育などということはあろうはずもなく、商工業者は依然として町人としてさげすまれ、官員さんには頭があがらない。

わたしはつねづね、これではいかんと思っていた。

人間に階級があってはならぬ。

役人であろうと、町人であろうと、互いに人格を尊重しあわなければならぬ。ことに、国を強くするには国を富まさなければならぬ。国を富ますには商工業を発達せしめなければならぬから、わたしが商工業に従って国家の隆盛に力を尽くそうと考えたのである。

わたしは政治家としては適材ではないかもしれないが、商工業の方面にかけては多少の自信もあったので、自分の力をじゅうぶんに発揮できる方面に向かうのが人間の本分を尽くすことだ、と考えたのである」

栄一が官を辞したということを聞いて、三井の総理事をやっていた三野村利左衛門《みのむらりざえもん》がたずねてきた。

「いま、民間ではあなたぐらいの人物はいません。わたしは三井を隠退する考えでいるので、あなたを推薦したいと思う。それで、きょうはそのご内諾を得たいと思ってやって来たのです」

三野村の考えでは、栄一が喜んでとびついてくるものと思っていた。

すると、栄一はにべもなくそれを断わった。

「わたしは日本の商工業を興そうと思って官をやめたのです。三井の番頭になりたくありません」

その覇気《はき》の鋭さに、三野村は舌をまいた。

「渋沢さんといえば、いまでは玲瓏《れいろう》玉のごとき人であるが、その青年時代には非常に覇気に富み、ずいぶんかどのあった人であったそうだ。わたしは今日、一般の青年が元気に欠けているのを、つねに遺憾に思っている。渋沢さんの若いころをよく玩味《がんみ》したら、大いに得るところがあるのではないか」

と、永田甚之助《ながたじんのすけ》氏は語っている。

一橋に仕えてから、久しぶりに栄一は身も心も軽い浪人になった。これまでは二日も三日も徹夜することが普通であったが、やっと暇になった。そこで、自分の意見をまとめた一文をつづり、文章のあまりうまくないところは那珂通高《なかみちたか》に直してもらった。

その草稿をふところにして井上を訪れると、両国の船宿にいるという。

船宿へ行くと、井上は取り巻きをつれ、きれいどころを集めてくつろいでいる。こんな遊びは、一橋にいたころ毎夜のように続いて、いやでたまらなかったものであるが、久しぶりなので共に酔い、遊んだあとで、草稿を取り出して、見せた。

一読して、井上はひざをたたき、

「うむ、これは大文章だ。われわれの言いたいことを言い尽くしている。それにしても、この文章は、渋沢君にしてはすこしできすぎている。どうだね、芳川《よしかわ》君」

と、取り巻きに尋ねる。

「いや、わたしも実はそう思っていたところです」

そこで栄一は、那珂にいくらか文章を訂正してもらったことを話した。

「そうだろう。すこぶる名文だ。わがはいもちょうど一文書きたいと思っていたところだ。どうだろう、渋沢君、ちょうどいいつごうだから、ふたりの名まえでこれを発表しようじゃないか」

「そうさせていただければ、わたしも光栄です」

「ひとつ注文を出すが、せっかく出すのなら、もっと具体的な数字を入れたほうが徹底するだろう。数字を入れようじゃないか」

「そうですね。うかつでした」

栄一はその文章に手を入れて、世間に発表した。

浪人の気安さである。

ところで、ちょっと栄一の家庭にふれてみよう。

家をとびだして京都へ脱出してからは、いなかではお尋ね者になっていたので、家へ帰ることはできず、一橋に仕えてからやっと一度いなかを訪れたきりであった。それからあとは、フランスから帰ったとき、妻と会う機会があっただけであった。

東京へ出て大蔵省に勤めるようになってから、ようやく妻子を迎えることができた。その家は湯島にあって、あまりりっぱな家ではなかったが、四百坪ほどの敷地があった。それを三百五十円で買ったのである。

栄一の妻は、やっとおちつくことができた。

次女が生まれた。

かれの父はもう年をとって働くことができなくなっていたので、ひきとっていっしょに住んだ。父はかれを殿と呼び、千代を奥さまと呼んだ。

千代は困って、

「それではご返事のしようがありません。昔のように、千代と呼んでください」

と頼んでも、

「栄一は大君に仕え奉る朝臣である。しかも、高い位をいただいている。それに対して敬意を払うのは当然のことである」

と、がんこに改めようとしない。

栄一も、

「おとうさん、殿は困ります」

といっても、

「おまえにいっているのではない、おまえのうけている官位に対して、たとえわが子でも、百姓のわたしが呼び捨てにできるか」

と、きげんが悪い。

しかたがないので、そのままにしていると、それからまもなく、六十三歳で長逝《ちょうせい》してしまった。

その翌年、長男が生まれた。

そして同時に、吉報が訪れた。かれのいとこであり、長年の同志であった喜作が、放免になったのである。

幕末のどさくさまぎれ、喜作は榎本武揚《えのもとたけあき》らとともに函館の五稜郭《ごりょうかく》に走ったのであった。

官軍に反抗して捕えられ、陸軍の獄で三年を送り、やっと許されて出てきたのである。

身もと引受人は栄一。

「喜作」

「栄一か、どうもありがとう」

喜作は元気であった。

栄一のすすめで、喜作は官界にはいり、蚕糸の研究のため渡欧したが、帰ってきてみると、栄一はすでに辞職している。それではというので、かれも官を辞して実業界にはいった。

喜作の兄の長七郎も、栄一の勧めでいなかから出てきて官界にあったが、もともと学者はだの人なので、あまりパッとしない。栄一が官界を去ると、自分も栄一につづいて実業のほうへ移ってきた。

かつて、この長七郎は、栄一がその師と仰いだ人である。喜作はかれより二つ年上で、少年時代からの友だちであり、三人は高崎城を襲い、横浜を奪う計画をたてた仲である。栄一がパリで西欧の文化に目をみはっているとき、喜作は没落の幕府のために函館で戦い、栄一が静岡や東京でめざましい活躍をつづけているとき、いたずらに捕われの日を送っていたのである。

こうして、いつのまにか三人の地位が転倒して、栄一が先輩の長七郎、喜作のめんどうを見るようになっていた。

これまで栄一は、見えぬ糸であやつられているように、自分の意志ではないことばかりさせられてきた。

尊皇討幕をとなえながら、一橋の臣となり、きらっている外国へ旅立たねばならなくなり、帰ってきて静岡で実業で身を立てようとすると新政府にひっぱられ、好きでもない事務をやらされていた。

いまやっと、かれの本来の志である実業に身を入れることができるようになったのである。

でも、順風満帆というわけにはいかなかった。

かねて栄一は、日本の実業界を振興させるためには、その大動脈である中枢機関を整備しなければならぬ、その大動脈というのは金融機関であると考えていたので、銀行の設立に乗り出すことになった。

ところが、日本には外国のバンクに代わるべき適当なことばがない。これまであったことばでまにあわせようとすれば両替屋であるが、その機能も違うし、両替屋ではあまりに品がない。まえに福地源一郎《ふくちげんいちろう》が銀舗と訳したことがあるので、そこからヒントを得て、銀行と名づけることにした。

資本金三百万円のうち三井と小野の両財閥が百万円ずつ出資し、残りの百万円を株式にして、株主を募集した。

その広告文は、次のようなものである（もちろん、漢文調のごついものであるが、それを意訳すると……）。

「銀行は大きな川のようなものである。

まだ銀行に集まってこないうちの金は、みぞにたまっている水や、木の葉の先のしずくのようなものである。

一滴の水も、それが寄り集まれば、堤をもこわす勢いを持つのである。それと同様に、銀行に集まった金は、それを利用して産物もふえるし、工業も発達し、国を富ますことができるものである」

が、まだ一般の人々には銀行が何をするところかわからぬので、株主の申し込みをする者は少なく、ようやく四十名が応募しただけで、その金額も四十四万八百円にすぎない。

そこで、やむをえず二百四十四万八百円で第一国立銀行を創立することになった。

その建物は日本橋、海運橋の橋ぎわで、当時まだ珍しかった洋風五階建てのしゃれたものであったので、人目をひき「錦絵《にしきえ》」にまでなって喧伝《けんでん》された。

ところが、翌年になって、とんでもないことが起こってしまった。

小野が倒産してしまったのである。

小野には巨額の貸付金がある。それがこげついてしまったら、銀行は破産せざるをえない。

このとき、その急場を救ったのが、小野の番頭、古河市兵衛《ふるかわいちべえ》（のちに鉱山王となった人）である。

井上馨から小野があぶないということを聞いた栄一は、さっそく柳橋の料亭へ古河を呼んだ。

「まことにどうも、とんでもないことになってしまったようだが……」

というと、市兵衛は隠そうとせず、

「おことばのとおりです。まったく困りました。どうしたらよいか、見当がつきません」

と、青ざめている。

「主家没落というだいじのときに、自分かってばかりいうようだが、今ここで第一銀行がつぶれては、日本のこれからの経済はまったくやみとなってしまう。ここはひとつ大きく目をひらいて、日本の国の将来ということで考えてくれぬか」

市兵衛はひざに両手を置いて聞いていたが、

「わかっています。よくわかっています……何もかも覚悟しています。男は覚悟がだいじです。これを見てください」

と、ことば少なく、ふところから一枚の紙片を取り出した。それは小野の資産表である。

栄一は黙って目を通している。

市兵衛はかれの読み終わるのを待って、

「どうです、おわかりですか。

それだけの物を差し出せば、ご損をかけることはないでしょう。花は桜木人は武士。商人だって投げ出すときが肝心です。

わたしは骨が粉になっても、きたないことや、めめしいことはしません。わたしも男です。あなたの恩義は忘れやしません。あなたに迷惑をかけるぐらいなら、生きておめおめここへは来ません」

そういって泣いた。

栄一はかれの手をとって、

「ありがとう。きみの信義で銀行の危機は無事にかたづくことになったが、きみの身のふり方はどうするつもりだ。どうせ何かやらなければなるまいが、そのときは必ずぼくに相談してくれ。及ばずながら力になろう」

「わたしは、このあと始末がかたづくまでは、自分のことは考えないつもりです」

「そうか。ぼくはもう何もいわん。が、考えてみると、きみはよくよく不運な人だ。せっかくここまでたたきあげてきて、もうひと息というところでこっぱみじん。主家は倒れる。きみは裸になる。なんといって慰めればいいのか、ことばがない。が、ぼくはきみを知っている。きみはぼくを知っている。

男と男がその真価を知りあったのだ。どんなことがあっても、落胆するな。やけを起こしちゃいかんぞ。ぼくがいるのを忘れてくれるな。いいか、わかったな」

こうして第一銀行は救われることになったのであるが、このことについて、栄一はつぎのように語っている。

「小野組に百数十万を貸しておった第一銀行は、非常な打撃をうけた。ことに、わたしが古河氏を信じるあまり、無抵当の貸し付けであったので、もし古河氏が不正直な人間で、踏み倒されでもしたら、第一銀行もつぶれなければならなかったのだが、古河氏は小野組の所有するものをすべて第一銀行に提供し、いささかも隠すことをしなかったので、第一銀行は損害を受けずにすんだのである。

古河氏は、自分の給料も、長年たくわえていたものも、すべて主家の負債返却金の中にくりいれ、一銭一厘私することなく、一枚の着替えさえない着のみ着のままで主家と別れて出たものである。

ここが古河の偉かったところで、わたしもかれを見込んで、いっそう信用することになった」

栄一の歩みは、そのままわが国経済界の歩みである。

かれが一生のうちに関係した営利事業の数は五百で、社会事業、教育事業、宗教問題、国際関係、労働問題など、非営利的なものは六百に達している。

それも、ただその肩書きをもっているということだけではなくて、ほとんどそのすべて、かれが産みの親なのである。

まったく異常な才能というべきであろう。

ある日、岩崎弥太郎《いわさきやたろう》から招待された。向島《むこうじま》の柏屋《かしわや》に舟遊びの用意をしてお待ちしている、という。

岩崎は土佐から出て、のちについに三菱《みつびし》財閥を築いた風雲児である。

栄一が出むいていくと、岩崎は喜んで迎え、多くの芸者を従えて隅田川《すみだがわ》に船を浮かべた。

隅田川もいまのようなどぶ川ではなく、白魚のとれたころである。

酒をくみながら、岩崎は、

「これからの実業はどうしていくがよかろう」

と、尋ねた。

そこで、栄一は、事業は国利民福のためにすべきものであるから、大衆の資金を集めてこれをうまく運営し、利益を大衆に帰さなければならぬ、と説いた。

「それは理想論ですな」

と、弥太郎はいう。

「いまは創業の時代ですよ」

と、つづけて、

「力のある者が先陣に立って、衆をひきいていかなければ、事業などなりたつものじゃありません」

岩崎は傑物であり、快男子であるが、かれの目にあるのは三菱のみで、天下国家は二の次。というよりも、三菱を強くすることが、日本の産業を強力にすることだと信じている。信長《のぶなが》方式である。

自分が天下をとれば、戦争がなくなり、平和が訪れるという考え方である。

そして、さらに提案した。

「きみとぼくが手を握れば、天下に敵なしだ。どうです。互いに腕をくんでやろうではないですか」

「わたしはまえに、三井から招きをうけたが、断わった。わたしには三井の番頭となることも、あなたの番頭になることもできません」

そう断わって、栄一は帰ってきた。

こうして、岩崎と手を組むどころか、それから二年後、栄一と三菱は食うか食われるか、血で血を洗う決戦を演じることになるのである。

人間の宿命とは、妙なものである。

ここでちょっと弥太郎にふれると、かれは土佐、井ノ口村の郷士のせがれであった。少年のころ、祖父のもとへ読書に通っていたが、その行き帰り、竹の棒で農作物をたたいたり、かかしをひきぬいたりして、いつでも百姓に追いまわされていたという。長ずるにしたがって、かれは江戸へ出て勉強をしたくてたまらないが、郷士のせがれが江戸へ出るのはむりな話で、ひとり悶々《もんもん》としていた。と、藩士の奥宮という者が、江戸に出張を命じられたと聞いた。

弥太郎は奥宮と一面識もなかったが、その屋敷をたずね、

「わたしを供におつれください」

と、頼んだ。

奥宮はかれの志を哀れと思い、供に加えてくれた。

こうしてやっと江戸へ出ることができたが、やがて父が死亡したので、帰国しなければならなくなった。

かれの家の近くに吉田東洋がいて、少林塾という私塾を開いて、英才教育をほどこしていた。弥太郎はそこへはいりたかったが、なかなか許してくれない。

かれがその塾にはいることを許されたときには、東洋は抜擢《ばってき》され、家老となって藩政改革に腕をふるっていた。そして、塾の者は「新おこぜ組」といって、もてはやされるよう

になっていた。

東洋は藩の改革を行なったが、天下国家に志をはせる若手組から見ると、そのやり口はまだなまぬるく、これでは急変する天下の大勢に遅れるばかりである。

「東洋を切らねばならぬ」

その急先鋒《きゅうせんぽう》は、京都で暗躍している武市半平太《たけちはんぺいた》であった。

武市の同志の者が、ついに東洋を暗殺してしまった。東洋を殺して、藩論をもっと急進的なものに変えようと図ったのである。

東洋を襲った者――たとえ直接に半平太が手を下したのではないとしても、命じたのがかれであってみれば、目ざすかたきは半平太である。

「新おこぜ組」の井上佐一郎が、ふくしゅうのために京都へ立つことになった。

「わたしも同行したい」

と、弥太郎は申し出た。

井上はちょっと困った顔をした。侍といっても弥太郎は郷士のせがれで、「新おこぜ組」の末輩である。そんな者を連れていっては笑われる。しかも、弥太郎は剣にすぐれているというわけでもない。

「せっかくだが、断わる」

「なぜですか。わたしは新参者ですが、東洋先生のご恩をうけています」

「武市は腕もたち、なお同志も多数いる。わたしは死を覚悟で参るのだ」

「わたしも死を覚悟しています」

「おぬしを同行させるくらいなら、ほかに適当な同行者はいくらもいる。それを断わっておいて、おぬしを連れていくというわけには参らぬ。わたしはひとりで行くのだ」

じっさい、佐一郎は死を覚悟していた。ひとりやふたりで行ってみたところで、半平太を討つことのできぬことはわかっている。

その佐一郎の覚悟のとおり、京都へつくとまもなく、かれは武市一派のために殺されてしまった。

弥太郎は藩から、長崎の土佐商会へおもむくように命ぜられた。

ここは物産所で、土佐から送られてくる商品を販売し、その金で外国から艦船や銃砲などを購入するのである。

長崎へ着いてみて、弥太郎は驚いた。帳簿に大穴があいている。それは、坂本竜馬《りょうま》が海援隊を組織し、その趣旨に賛同した後藤象二郎《ごとうしょうじろう》が、どんどん金をつぎこんだためであった。

「後藤さん、これはたいへんですね」

と、あきれると、

「きさま、なんとか考えろ」

と、象二郎はかれに押しつけてしまった。

そこで、弥太郎は藩に献策し、シイタケなど二十二品を藩の独占品とし、藩札で買いあげ、外国貿易を通じて金に換えることを考えた。いってみれば、紙に印刷しただけのもので商品を買い、その商品を外国人に売りつけて正貨をもらう。ぬれ手にあわ。紙っきれが金に化けるのである。

たちまち藩の財政は豊かになった。

その功で、かれは新留守居組《しんるすいぐみ》に昇進した。

白楽という朝鮮人がいて、その男の話では、朝鮮の近くに鬱陵島《うつりょうとう》という島があって、無人島であるという。

豪気な弥太郎は、これを聞くと、さっそく探検を思いたった。

海援隊の船を使って行ってみると、その島にはすでに朝鮮人が住んでおり、はげ山ばかりの貧弱な島であった。

やがて、明治維新となった。

かれは半官半民の九十九《つくも》商会を興し、東京、大阪、神戸間の回漕運輸業を始めた。ところが、これが赤字つづきで、藩でもすっかりいやけがさし、すべてをかれに任せることになり、藩が持っていた三隻の船をすべて、かれはただでもらってしまった。

藩としては赤字つづきだし、船を売るといっても買い手のある時代ではなく、弥太郎にやっておけば、もし万一、かれがもうけたときには、なにかと利用方法もあろうと考えたのであろう。

弥太郎は社員を集めて、独立宣言をした。

「皆の者、よく聞いてくれ。きょうから九十九商会を改名して三菱商会とする。これまで藩のものであった商会の財産と、こんど改めて藩から払いさげられた船とは、わたし岩崎個人のものとなった。ところで、おれは今後官界に志を絶ち、専心海運業に従事し、商法で身を立てる覚悟である。

皆があいかわらずこの弥太郎を助け、弥太郎の部下として働いてくれることは衷心から望むところであるが、わたしと共にやることを望まぬものは去ってもらいたい。人にはそれぞれ考えのあるものであるから、わたしはそれを恨みに思わない。後日会うことがあれば、快く握手しよう」

豪快な演説であった。

こうして、三菱は日本の大財閥への第一歩を踏み出したのである。

まだ汽車のなかったころなので、政府でも海運業の重要さに目をつけ、日本帝国郵便蒸気船会社を興して、海運業をやらせることになった。

そのころ、日本の沿岸はすべてイギリスとアメリカの船で占められていて、どこへ行くにも外国船のお世話にならなければならなかった。そこで、日本の海運の確立を目ざして郵便蒸気船会社を興したのだが、なんとしても役人のやることとて、いっこうに業績があがらない。ところが、三菱のほうは鯨ほゆる土佐の海で鍛えた連中ぞろいである。手荒いことを平気でやって、ぐんぐん業績をあげる。

政府では赤字つづきの郵便蒸気船会社をもてあましていると見てとった弥太郎は、九十九商会を乗っとったときと同じように、辣腕《らつわん》をふるった。かれは政府の高官を訪れ、うまく丸めこんだ。政府の高官というのは、大隈重信のことである。

明治七年、台湾の役が起こるや、郵便蒸気船会社と三菱とが軍の輸送や糧食の輸送に従ったが、お役人仕事の郵便蒸気船会社よりすべて三菱のほうが行きとどいたやり方で、成績がよかった。

台湾の役が終わると、大隈のお声がかりで、政府は百五十七万を投じて買った汽船十三隻をそっくり三菱に譲ってしまった。

ついで翌年、郵便蒸気船会社を解散して、その持ち船十八隻をそっくり三菱へくれてしまったあげく、毎年、多額の補助金を与えることになった。

明治十年、西南の役が起こるや、政府は七十万ドルで十隻の汽船を買って三菱に払いさげ、このどさくさで三菱は一千万円もうけたといわれている。

こうして、またたくまに、三菱は日本の海運界を独占してしまった。

弥太郎のやり方は、根こそぎいただき、競争相手をたたくというあくどいもので、それだけに目にあまることも多い。

大阪を中心に小さい回漕業者がたくさんあったが、三菱に刃向かうや、たちまちつぶされる。

三菱に反抗して航路をひらこうとすると、すぐ三菱は相手の船に付け船をつける。付け船というのは、相手の船についてまわり、ほとんどただ同様の運賃で荷主を横取りしてしまうのである。これでは相手がつぶれるのはあたりまえで、こうして競争相手をなくしてしまってから、荷主に高い運賃を押しつけてくる。

運賃が高くては、自然と商品の流通が悪くなるし、物価は高くなる。

日本の経済のために、三菱をたたかねばならぬ、と栄一は決意した。

三井の益田《ますだ》孝《たかし》に相談すると、三井にとって三菱は、目の上のタンコブである。いまのうちに三菱をたたいて、海上への足がかりを作っておきたい。そこで、喜んで益田は相談に応じた。

こうして、はじめっからこの争いは三井と三菱との決戦という形をとり、天下の耳目を集めたのであった。

そのころ、こんな読み物が某紙に載った。

「渋沢栄一はある日大隈参議の屋敷に伺候して申しけるは『お聞きでございましょうが、愚弟の喜作と有志の者とでこんど風帆船会社と申すを創立し、広く全国の運輸を助け、物産の繁殖を計ろうとしています。かかることは、お国のためにはこのうえなき幸福にて、これからは運賃もさがり、商人の幸福、運送の便利、ふたつながらよろしくなると思います。願わくばご賛成願いたい』

これを聞いて重信卿《きょう》喜びたまい、

『かねがね運輸のことはかどらず、商人が困難をしていると聞いている。一日も早く開業するがよい』

それを聞いて、栄一は喜んで帰った。

いれかわって参上したのは、日ごろひとかたならぬご寵愛《ちょうあい》を被っている三菱会社社長岩崎弥太郎なり。重信いいけるは、ただいま栄一が参って申すには、喜作らはじめ有志の者ども風帆船会社を設け、運賃の下落を促し、運輸の便を計らんといいたす由、よろしき思いたちなれば賛成しておいた。なんじも同業のふえることゆえ満足であろう、といわれ、弥太郎大いに驚き、さては栄一、喜作のやつばら、わが業を妨げんとなすに疑いなし。よしよし、一計をめぐらして反撃してくれんと、さあらぬ体。それはけっこうのことと立ち帰り、股肱《ここう》腹心の番頭ども打ち招きて、日夜くふうをこらしける。

弥太郎たちまち一策を案じ、ひそかに大隈邸に参上して申しけるは、

『このほどお伺いしました風帆船会社のこと、じつに意外な内幕でございます。かかることは他をそしるようですが、重要なことなのでお耳にいれます。

じつは、栄一、喜作は第一銀行の金をもって投機をなし、ばくだいな損失にて両人とも進退きわまり、諸銀行の信用をなくし、苦しまぎれに風帆船会社などというものをひねりだし、五十万、八十万の金を集め、これを穴うめに回そうという魂胆でございます。

その証拠には、第一銀行の株金中、第一の株主である三井銀行の八十万円をお引き揚げになれば、栄一は必ずろうばい、ろうばいするのみならず、第一銀行は即日に閉店のほかこれありません』

これを聞きて重信卿怒りたまい、

『そのような内幕か。栄一め、ことば巧みに余をだまし、公益を表として私利を営むなど、ふらち千万。よし、さようなやつは、以後の懲らしめのため、第一銀行の財産を検査し、

三井の三野村をして八十万を引き揚げさせん。憎き栄一め』と怒りたもう。

重信卿は三井銀行の三野村を召し、弥太郎の言を伝え、三井の持ち株八十万を第一銀行から引き揚げることを命じたり」

こうして栄一は窮地に立たされるが、五代友厚《ごだいともあつ》の奔走でようやく事件は落着するのである。弥太郎の妨害は悪質で、このほか第一銀行への華族の預金をすべてひき出させるなど、しつこく妨害はつづいた。

そして、大衆は、いまの読者がタレントのスキャンダルをのせた週刊誌を争って読むように、この物語にとびついて読んだのである。

ようやく立ち直った栄一は、伊勢の諸戸《もろと》清六、新潟《にいがた》の鍵富《かぎとみ》三作、越中の藤井《ふじい》能三らの富豪を発起人に迎え、風帆船会社を設立した。

これを黙って見ている弥太郎ではない。

御用新聞にかれは、渋沢が海運会社を経営しようとしているのは、かれが米相場に失敗し、また洋銀の売買に失敗して第一銀行に七十万の大穴をあけたのを埋めようとしてあせっているためだと、中傷記事を書かした。

また、大阪、神戸、函館などへ人をやって株主の切りくずしにかかり、ことに新潟を敵に渡してはならぬと、伏木の有力者藤井のもとへは、前田侯の家臣であった寺西をやって旧藩いらいの縁故をといて、別に越中風帆会社を作らせてしまった。

また、新潟へは腕ききを派遣し、風帆会社に加わるより新潟物産会社を作ったほうが得だ、三菱から二十万融通しよう、また、政府が御用米を買い入れるときは、新潟米を引きうけさせてやろうと約束し、三井から三菱へくら替えさせてしまった。

こうして有力な株主を失いながら、ともかく風帆船会社は発足したものの、三菱にじゃまされ、思うような活躍は求められない。——ところが、そのうちに、やっとつきが回ってきた。

弥太郎の最大のパトロンであった大隈重信が失脚して、政府を去り、「鬼」と呼ばれた品川弥二郎《しながわやじろう》がそのあとがまにすわったのである。

かねて三菱の横暴を憎んでいた政府は、大隈がいなくなると同時に一変して、これまで三菱に与えていた恩恵を、ひとつずつはぎ取っていった。

ことに、品川は大の三菱ぎらいである。

栄一にすすめて、東京風帆会社、北海道運輸会社、越中風帆船会社（さきに三菱が栄一の企てに反対して作らせたもの）この三つを合併して、共同運輸会社を作らせた。かねて日本の海運業を三菱に独占させておけぬと考えていたかれは、徹底的に三菱に干渉し、共同運輸会社に保護を加えたのである。

それには、もうひとつ理由がある。

野にくだった大隈は、改進党を組織して、薩長の藩閥政治を攻撃した。政府はこれに弾圧を加えると同時に、大隈の金庫である三菱をいじめにかかったのである。

やっと栄一につきが回ってきた。

品川は陣頭に立って、共同運輸会社の株の募集にのりだした。政府のお声がかりなのだからということで、応募する者は多い。三菱の異常なふくれあがりを知っている大衆は、共同運輸もいずれそうなるにちがいないという先物買いで、神戸や大阪のシナ商人たちは、自分の名義では株を買えないので、日本の女をめかけとし、その子どもの名まえで買うなど、たいへんな人気であった。

共同海運の持ち船は、汽船一隻、風帆船十五隻であったが、政府はこれに汽船四隻、風帆船七隻を貸し与え、百万円を投じて軍艦のように堅牢《けんろう》な大船二隻を作らせた。

こうして共同海運と三菱との戦いは始まったのである。

大隈を党首とする改進党とその機関紙は、筆をそろえて攻撃してきた。すると、板垣退《いたがきたい》助《すけ》の自由党は「共同海運を攻撃して三菱を弁護する改進党の態度は、三菱との醜関係を告白するものである。改進党と三菱を撲滅すべし」とやり返し、改進党を偽党、三菱を海坊主ときめつける。

戦いのはじめから、はなばなしいどろ試合がくり広げられたのである。国民は熱狂してこれを見守った。

海運界は、大混乱に陥った。

お互いに、客のとりっこである。

神戸・横浜間の運賃は七十五銭であったが、互いに値を下げ、ついにはロハのうえ、手ぬぐい一本までそえるという騒ぎ。

神戸を両社の船が出ると、どちらが先に着くかでお客さんも船長も向こうはち巻き。

「走れ、走れ。負けるな」

「そら、抜かれたぞ」

と、客はデッキに集まって大騒ぎ。無責任な応援ではやしたてる。

ソロバンそっちのけで、石炭は罐《かま》に投げこまれる。はや紀州灘まで来ると、汽罐《きかん》の火力で煙突がまっかに焼け、火だるまとなって走るというありさまで、三菱も共同海運もまたたくまに数十万の赤字となる。

豪商三菱にたいし、出ばなにさんざん横っつらを張られた栄一と三井、その後ろに政府がついている。どちらも負けられぬ勝負で、こんなけんかは日本はじまって以来のことである。

このけんかは、三年つづいた。

当然のことながら、双方ともくたくたになってしまった。

さすが剛腹の弥太郎も、重なる欠損と悪評にノイローゼとなり、あわや短刀で自殺を図ろうとしたほどである。

共同海運の経営も、しどろもどろになっていた。

株価はどんどんさがる。こっそり手をまわして、弥太郎はその株の半数を手にいれていた。そして、合併しようといってきた。

政府内でも多くの批判があり、両社は合併することになったが、栄一はあくまでも反対であった。煮え湯をのまされた三菱を憎みつづけていたのである。

栄一は懇意にしている伊藤博文をたずね、三菱の謀略やその悪質さを並べたてた。すると、聞き終わってから博文は、

「渋沢さん、自分の正しさを言いたてるのは良いとしても、相手を悪くいうのは良くない。岩崎もあれほどの人物だ。そのよさも認めてやらねばなるまい」

そういわれ、穴があったらはいりたいほど恥ずかしかったという。そして、その忠言を一生の戒めとした。

このとき栄一は四十五歳で、日本のトップに立つ実業家であった。そのかれが、中学生

のようにはにかんだのである。

ついに両社は合併して、日本郵船が誕生した。白柳秀湖《しらやなぎしゅうこ》氏はその『財界太平記』の中でつぎのように述べている。

「……ここに日本郵船株式会社と呼ぶ一大怪物が、多数の国民の疑惑と呪詛《じゅそ》のうちに、その恐ろしい秘密にみちた第一歩を日本財界に印することになった。これがじつに明治十八年十月一日のことである。

政府はこのとき、三菱の新社長岩崎弥之助《やのすけ》に社長になることをすすめたが、弥之助は受けなかったので、共同海運の森岡昌純《もりおかまさずみ》が就任した。

森岡が就任したことは共同海運に花をもたされたようであるが、実をいうとそれは岩崎弥之助が就任したのと同じことで、もし共同海運がじゅうぶんの強みをもって三菱と合同したのであれば、初代社長は品川弥二郎が就任するか、さもなければ渋沢栄一、益田孝のいずれかが社長にならなければならなかった。

役員の中に渋沢栄一の名が見えないことは、政府部内の薩派が三菱と手を結んで三井系を追い出そうとしていたので、そのことを不満に思ってのことであると思える。

ともあれ、実業界の指導者である渋沢栄一の名を逸したことは、三菱側の策戦としても失敗であった」

しかし、のちに栄一は日本郵船の取締役となった。朝鮮問題について日本と清国《しんこく》との間が険悪となり、一刻も早く海上の輸送力の充実を必要としたのである。

明治十年に、栄一は深川福住町《ふかがわふくずみちょう》に住んだ。

そのころ東京にコレラがはやり、それを恐れた妻の千代は、娘夫妻を伴って飛鳥山《あすかやま》の別荘へ行ったが、そこでやはり恐れていたコレラにかかって死んでしまった。

それから六年後に、栄一は再婚した。その後妻の父親は伊藤八兵衛《はちべえ》といって、幕末のころには三井をしのぐ豪商で、明治となって天皇ご東幸のおり、三井の献金は三万両であったが、八兵衛は五万両を出している。

なかなかの変わり者で、若いときから二十軒もの家の養子になり、とうとう最後に京橋の伊勢屋という家の入り婿になった。この伊勢屋の伊藤八兵衛は「正直八兵衛」といわれた人であったが、諸藩へ貸しつけた金をとりもどすことができないまま死んでしまった。養子の八兵衛は、苦心してそのこげつきのうちから一万両だけとり返した。これで、つぶれかかっていた伊勢屋はまた息をふき返した。

ところが、まもなく安政の大地震があり、火事ですべてを失ってしまった。芝増上寺の掃除頭《そうじがしら》のあき株があったので、それを買って暮らしているうちに、水戸さまの金銀貸し付け所が増上寺内にできたので、手づるをたよって勤めるうち、支配人格にまで出世した。なにしろ、水戸さまの名をふりかざして金を貸しつけるのだから、こげつきもなく、年々ばくだいな利益がころげこんできた。

ところが、いいことばかりはない。武田《たけだ》耕雲斎《こううんさい》の一子、金次郎が勤皇の乱を起こすため、一万両出せといってきた。八兵衛がこれをはねつけると、それなら、

「命をもらう」

という。

「どうぞご存分に」

ということで、牢に入れられてしまった。

伊勢屋では驚いて、一万両出して八兵衛をとり返した。八兵衛は、

「この首がたった一万両か」

といって笑ったという。

その全盛時代のことを書いた一文があるので、すこし長いが、そのままお目にかけよう。当時の豪商の生活がよくしのばれるし、栄一の後妻となった人の成人ぶりをよく知ることができるためである。

「……油堀《あぶらぼり》の全盛時代のお話を申しあげましょう。渋沢子爵夫人がまだ花の盛りのお娘ご――八兵衛さまの愛娘《まなむすめ》であられた時代のお話を申しあげましょう。

油堀のご邸内は、切り窓の五軒長屋などもあって、北側の表門をはいりますと、正面が貸し付け所で、安田《やすだ》善次郎《ぜんじろう》さんや大倉《おおくら》喜八郎《きはちろう》さんが、ふろしき包みを背負って通ったもんだそうです。

お住まいはその裏手にあって、十畳、六畳、八畳の三間となって、十畳のお居間が奥さまお子さまのおへや、六畳は仏間でした。つぎの八畳が茶の間で、ぼっちゃんと八人の娘さんがお遊びになるところでした。

ここから大廊下を隔てて、東よりの七間はいわばお客座敷で、八畳、十畳の向こうに二十畳の「お使者の間」があります。諸大名のお使者を迎えるお座敷で、とてもぜいたくな、おりっぱなものでした。この裏手に、八畳二間と十畳の座敷がありまして、渋沢子爵夫人はここでお育ちになったんです。乳母《おんば》日傘《ひがさ》で、風にもあたらないお育ちなんです。長廊下には、なげしに弓矢鉄砲、槍、刀などがすきまなく並べてあったもので、これは八兵衛さまが武士となって出世したいと思った昔の志を忘れずに、集めたものだということでした。

長廊下から橋がかりになっていて、橋を渡ったお座敷が、十八畳二間、ここからは大きな泉水を前に、はるかに築山《つきやま》をながめ、名は変ですけど「手長の松」をはじめ「月見の灯《とう》籠《ろう》」「かめの子石」から青赤白の三枚橋が、お座敷から見通しなんですが、ここへ諸大名のお家族や、おるす居のお嬢さまがたを招待して、終日お遊楽をおさせ申したものです。主人の八兵衛さまは、南手に八畳四間のお座敷を書斎とされ、そのまたお座敷の西よりに八畳の間があって、小さい橋がかりであって、それを渡りきると、ぐっとくだけた格子戸《こうしど》があるんです。そばに四畳がありました。

その四畳を通り抜けると、九畳二間があって、つづいて台所、この九畳二間にしきりがあって、おめかけが四人いたものです。

おめかけひとりに女中二名がつきそって、毎夜かわるがわる、小橋がかりの格子戸から、八兵衛さまのお伽《とぎ》に出ていました。

その四人のおめかけのほかに、おめかけがしらのおかよさん――このおかよさんの気性ったら、びっくりするぐらいのもので、だれがこわいといって、おかよさんぐらいこわい人はないんですから、四人のおめかけも、十五人の女中も、おかよさんの前ではビクビクして、ろくすっぽう口もきけないんです。

八人のご秘蔵娘のことを申しますと、長女がお亀《かめ》さま、次女がお美津さま、三女お久美さま、四女お楽さま、五女のお兼《かね》さまが渋沢子爵の夫人になられたかたです。

八人の娘は、おもやの二階の六畳四間へ、一世帯ずつ張っているといった大家内、大世帯なんでした。八人へ八人の乳母《うば》女中ですから、ずいぶんとめんどうもあったんですが、それをてきぱきさばくのはおかよさんでした。

琴、三味線《しゃみせん》、唄《うた》、踊り、茶の湯、生け花のお師匠さんが順ぐりにやってくるのですが、そのにぎやかなこと。

しばいは狂言ごとに猿若町《さるわかちょう》へ行くのに、お庭の泉水からお船で水門を上りだして、櫓《ろ》拍子《びょうし》おもしろくこぎだすんですから……船が山谷《さんや》へついて、八人のお娘ごがずらりと立ち並ぶと、しばい茶屋では「それ、油堀様のご見物」と、出方女中は上を下への大騒ぎで、しばいの名物とされていたものでした。たいしたものじゃありませんか。

泉水には潮がはいってくるので、ボラがつれまして、ウナギとシジミが名物でした。それにまた、名物が青ノリで、諸家さまへお使い物にさしあげ、油堀の名物といわれたものでした」

栄一が迎えた二度めの妻は、こんなぜいたくになれたお嬢さんであったのだ。

兄弟というものはおかしなもので、八兵衛の弟、淡島椿岳《あわしまちんがく》は風変わりな画家で、養子であったが、外へ出てかって気ままなことをしていた。

近くに家内太夫《だゆう》という清元のお師匠さんがいた。椿岳はこのお師匠さんに弟子入りして清元をはじめたが、身分を隠し、淡島屋の手代のような顔をして、作さんと名のっていた。しばらくたって、椿岳の娘がこのお師匠さんに入門すると、あるときお師匠さんが、

「あなたの店の作さんは、出世したとみえて、このごろは馬に乗ってますね」

それを聞いて娘はいぶかしんだ。自分の家に作さんという使用人はいないし、馬に乗っているのは自分の父である。それで人相を尋ねると、やはり父であったという。

また、かれは普通の着物がきらいで、敷布のまんなかに穴をあけ、それをすっぽりかぶって喜んでいたという。

やがて、栄一は兜町《かぶとちょう》へ洋館を新築した。

家の両側が川にはさまれていたため、ゴチック風の様式にし、アーチ型をした窓の上部には、赤、黄、緑、紫などの色ガラスがはめこまれていた。

渋沢秀雄氏は、つぎのような思い出を書かれている。

「……おぼろげな記憶をたどると、わたしがまだ五つか六つ、父が五十七、八のころだったと思う。みかげ石を敷きつめた車まわしに、いつもレキロクとして二頭立ての馬車がつくと、やがて元気と迫力にはちきれそうな様子で、父は訪問客か秘書と用談をつづけながら玄関へ出てきたのだろう。そして、おそらく緊張した表情を慈顔へほころばせながら、

父を見送りに出てきたわたしを両手にかかえて目よりも高くさしあげると、『そうりゃ、そりゃ、重くなったぞよ』などといってから、下におろして頭をなでてくれたことをかすかに覚えている。そして、そうされるのが、若干のこわさと、気はずかしさと、微量のうれしさだったこともぼんやり思い出すことができる。その父の第一印象は、人々に取りかこまれながら馬車に乗って出かける、威厳にみちた姿だった」

栄一は、日本鉄道、東洋紡績、海上保険、北海道炭鉱、大日本麦酒《ビール》、大日本人造肥料、石川島造船所、東京瓦斯《ガス》、東京電灯、帝国ホテル、日本煉瓦《れんが》、東京帽子、魚介養殖、浅野セメントと、日本のあらゆる産業にたずさわっている。

「あのころは日本の草分け時代だったから、いなかの荒物屋のように、なんでもかんでもやらなければいけなかったのだ」

と、後日、語っていたそうである。

栄一が八十八歳のとき、その主治医は、

「だれが見ても米寿の老翁とは見えまい。ことに、一度口を開かれると滔々《とうとう》数千言、息もつかせず、持病などどこにあるかと思われる。その昔、倒幕の急先鋒となったおりの気魄《きはく》もしのばれて、老人らしいというところは少しもない」

八十八歳でまだこのように元気であったのだが、栄一のもっとも働き盛りは五十歳ごろであった。

人生五十年というが、その五十歳、栄一にはピークのときであった。

「当時、企業の先端に立って活動した人物は、東京では渋沢栄一、益田孝、大倉喜八郎、馬越恭平《まごしきょうへい》、浅野総一郎などであり、渋沢は第一国立銀行を本拠として、すべて一流の会社に勢力が及んでおり、銅成金の古河市兵衛、セメント成金の浅野総一郎を両翼として、三井の益田や大倉などと結び、東京の産業界、金融界の王座を占めていた」

『半世紀財界側面誌』には以上のように書かれている。また『一にも二にも渋沢さん』で、山路愛山《やまじあいざん》は、

「明治十年ごろまでの日本経済界は、ただ零細な資本があるばかりで、三井、住友、鴻池《こうのいけ》なども維新の大暴風雨をやっとしのいだばかりで、まだ元気を回復していず、あとは町人だけであった。

このとき、銀行業に執着したふたりの豪傑があった。渋沢と安田である。安田はただ金貸しの本業をだいじに守り、ちりも積もれば山となるの商人道を進み、ついに三井、岩崎に匹敵する大金持ちとなった。

渋沢はこれに反し、日本の産業についていろいろ世話をやき、日本はこのために多くの

利益を得たが、渋沢自身は富まず、安田に遅れをとったが、しかし小資本家たちは良き案内者を得たのであった。

渋沢の人望高く、実業界に感謝されるのは当然のことで、実業界では一にも渋沢さん、二にも渋沢さんでちょうほうがられていた」


栄一のやり方は、こうである。

のちにセメント王となった浅野はまだ若く、王子製紙へ石炭を売りこみに行き、人夫といっしょになって働いていた。その働きぶりを見た栄一は、

「あいつは働くから、おりがあったら、うちへ遊びにくるようにいってくれ」

と、秘書にいいつけた。秘書がその旨を浅野に伝えると、

「わたしは暇人らしゅう大将の話し相手なんかしていられません。昼間は一分を争う商売人ですから、夜ならばともかく……どうかお断わりください」

という返事。それを聞いた栄一は、

「夜でもけっこう」

という。そこで、浅野が夜おそく訪れると、女中が出てきて、

「もうおやすみになりました」

と、玄関払いをくわした。浅野はおこって、

「夜分に来いとおっしゃるから夜分伺ったのに、それでは話が違います。わたしの夜分は夜の十時過ぎからなのです。十時まではまだ宵《よい》の口だとお伝えください」

取り次ぎからこのことを聞いた栄一は、快く面会したが、

「人を訪問するには、時間というものがある。きみのはすこしおそすぎる。しかし、きみはうわさにまさる活動家だ。大いに気にいった」

と、激励した。

それから数年後、官営事業であった深川のセメント工場は、政府が明治四年以来二十一万五千円の資本を投じて経営してきたが、いっこうもうからないので、ついにやめることになった。

かねて浅野はセメント事業をやりたいと思っていたが、独力ではどうにもならない。そこで、横浜の知人、朝田又七を訪れてくどき、朝田を深川までつれてきた。朝田は工場の外観を見ただけで、

「きみはこんな大きなものを払いさげてもらって、どうしようというのだ。ことに、きみはしろうとではないか」

といって逃げてしまった。

しかたがないので、栄一のところへやってきて相談すると、栄一も大反対で、

「政府がやってさえ見込みのないものを、資力の薄いきみが手を出すなんて、乱暴きわまる。そんなものより紡績をやれ」

とすすめる。それでもなおしつこく頼みこむと、

「それほどきみがいうのなら、尽力してみよう」

ということになり、

「浅野に損をさせてもきのどくだから、二、三年見込みのつくまで貸し下げよう」

と、タナボタの話となった。

感激した浅野は、昼夜働いてやっとメドがついたので、栄一の保証で十二万五千円で払いさげることになり、五万円を即納し、残りは三十五カ年払いということになった。

浅野はセメント工場内に住み、一家をあげて働いた。その熱心さを買った栄一は、

「もし損をしても、わたしが三分の一だけ責任を負ってあげよう」

と励まし、なお、

「王子製紙から機械に明るい大川平三郎《おおかわへいざぶろう》と簿記にくわしい谷敬三《けいぞう》のふたりを手助けによこしてあげよう」

と、優秀なふたりの社員を貸してくれた。

あまり働きすぎたので、浅野はのどを痛めて血をはいた。医者に見せると、

「肺病ではないが、セメントでのどをやられている」

と、二、三カ月の休養を言い渡した。

それでも休まず働いていると、医者がやってきて、

「きみは金と命とどちらがほしいのだ」

ときくと、

「両方ともほしい」

と、浅野は答えた。

それから十七年間働きつづけ、ようやく浅野は五十万の金を握った。そこで、かねて恩義のある栄一に、かれがもし損をしたときには三分の一の責任をとってやるといわれていたことを覚えていたので、五十万の三分の一、十六万五千円をたずさえ、

「これを受け取ってください」

と差し出したが、栄一は笑って受け取らなかった。

かれのやり方はいつでもこのとおりで、古河市兵衛を助けて足尾銅山を経営したときも、社の基礎が定まり、明治二十一年には二百七万五千円にのぼる銅を産出するようになった。するとさっさと自分は退いてしまうのである。

ある日、農商務技師をしている高峰譲吉《たかみねじょうきち》が、人造肥料のことを栄一に話した。それがきっかけで、もともと百姓の子である栄一は、人造肥料に興味を持つようになった。よい肥料を与えれば、畑の生産高の増すことは、だれにでもわかる理屈である。

栄一は高峰博士と計画をたて、日ごろ親しくしている益田孝や大倉喜八郎、浅野総一郎、安田善次郎などと相談した。すると、自分たちは農業についてはまるで知識はないが、話を聞いてみると有望な事業に思える。ともかく、渋沢は百姓だし、高峰は科学者だから、このふたりがだいじょうぶというのなら、まちがいはあるまい、ということで、東京人造肥料会社を設立することになった。

高峰は農商務省の役人をやめて技師長となり、栄一は委員長となって計画を進め、深川の釜屋堀《かまやぼり》に工場を持った。

製造品を駒場《こまば》の東大農学部へ持っていって鑑定してもらうと、すばらしいききめがあると太鼓判をおしてくれた。政府はその試験成績を木版ずりの絵にして官報にのせた。さらに、農商務次官の前田正名《まさな》は、試験の成績をパンフレットにして、何万部も地方へ送った。

会社からも人を派遣して大いに宣伝につとめたので、四国の藍、信州の桑などの栽培者から、多くの注文がとれた。ところが、まもなく、

「あれはすこしもきかない」

という苦情が舞い込んでくる。高峰博士にわけを話すと、

「人造肥料にもいろいろあって、作物に応じて肥料を変えなければならぬ。藍にほどこす肥料は燐酸《りんさん》肥料ではだめで、窒素肥料でないと効能がない。もしはじめから藍の肥料にするのだとわたしが知っていれば、窒素肥料を作って送ったのだが、わたしになんのお話もなかったので、すこしもそんなことは知らなかった」

という話。

つまらぬ手違いで、はじめっからけちをつけてしまった。

そのうえ、原料をアメリカから輸入するので、コストが高くついて、いっこうにもうからない。

四苦八苦しているうちに、困ったことが起こった。

高峰博士が渡米することになったのである。会社を設立するとき、高峰博士は二年もすれば会社の経営も軌道にのるものと思い、アメリカへ渡ることを約束してしまった。

その二年の歳月が終わって、約束の日が来たのである。

さすがに温厚な栄一も、このときはおこった。

「人造肥料のことをわたしに勧めたのは、あなたではないか。そのあなたが、会社がまだ

苦しいときに、見捨ててアメリカへ行ってしまうとはなにごとです。あなたがいるといないでは、世間の評価が違う。世間では高峰博士の作る人造肥料だから安心して買っているのです。そのあなたがいなくなっては、会社はますます苦しくなるばかりです。

これからもっともっと品質を改良して、良質の製品を作らねばならぬときに、さっさと会社を見捨てて行ってしまうとは、人道上の問題です」

テーブルをたたいて、栄一はつめよった。

「いや、あなたのおこる気持ちはよくわかるが、わたしも学者としてアメリカと約束してしまっている以上、これを破ることは国際信義にもとることになるので……」

しかし、高峰博士に行く気がなければ、健康上の理由とかなんとかで、延期することができたわけである。

ここが学者と事業家の違いで、事業家はその事業のために、身命をかけて戦う。それが生きがいなのである。が、学者は違う。かれは一営利会社にいつまでも縛られていたくない。

もっと研究したいことがいくらでもある。高峰博士はアメリカへ渡って、日本にいてはできぬ研究をやりたかったのである。事実、アメリカへ渡った高峰博士は、その後世界的に有名なジアスターゼを発見し、ジアスターゼ博士と呼ばれるようになったのである。

そのうえいっこう会社がもうからないので、博士の月給は少なく、しかも博士はアメリカ人と結婚していたので、安月給ではやっていけなかったのである。

栄一はおこってみたものの、博士の決意が堅いので、どうしようもない。しかたがないので、ほかから人を迎えることにした。

すると、それからまもなく、工場が火事になった。泣きっつらにハチである。

益田孝も、浅野総一郎も、安田善次郎も、ほとほといやけがさして、手をひくといいだした。

「渋沢さん、あれはもうだめだ。この辺であきらめたらどうだね」

といいだしたのである。

「それでは、わたしひとりでがんばってみます」

と、けっきょく、栄一がひとりで引き受けることになった。

かれは資本金を半分に減らした。すると、妙なめぐりあわせで、翌年から急に売れだし、二年後には資本金をもとどおりの二十五万にし、翌年には五十万としたが、なお需要に応じきれぬありさまとなった。

そこで、北海道人造肥料株式会社、摂津製油株式会社、大阪硫曹《りゅうそう》株式会社などと合併して「大日本人造肥料会社」を作った。

人間とは貪欲《どんよく》なものである。

その欲のためには、平気で人を殺すのである。

栄一もそうした連中のために、売国奴呼ばわりされ、殺されかけたことがある。

栄一が大蔵省にいた時代から親しくしていた伊達《だて》宗城《むねしろ》侯が重態に陥ったということを聞き、その見舞いに行こうとして、馬車をかって兜橋《かぶとばし》を渡り、江戸橋までやって来ると、突然、ふたりの凶漢が現われた。

左右から抜刀して馬に切りつけ、馬の驚くすきを見て窓ガラスをわり、白刃をひらめかした。御者は馬にむちをあて、そのまま走り去った。

越後屋《えちごや》（いまの三越本店）まで来ると馬車をとめ、そこで休憩した。さいわい栄一の傷は窓ガラスで手を傷つけただけで、騒ぐほどのことではなかった。

この事件の起こるまえ、御者が、どうもだれかにつけねらわれているような気がしますと、気味悪がった。

「しばらく護衛をつけてはいかがですか」

と、すすめられた。また、警視庁からも、

「このごろ、不穏の動きがありますから、護衛の巡査をつけましょう」

と、いってくれた。

「そんなに騒ぐことはあるまい」

と、捨てておくと、たまたまたずねてきた穂積陳重《ほづみのぶしげ》に、家の者が訴えた。それを聞くとすぐ穂積はやってきて、

「いまの壮士は、狂犬かコレラのようなものです。先生の身の重要さは国家のものです」

といって、二名の平服巡査をつけてくれた。

この二名の巡査は、人力車で馬車のあとに従っていた。暴漢が現われるや、二名の巡査は車からとび降り、車夫と協力して暴漢をとり押えたのである。

なぜ、栄一が暴漢に襲われたかというと……。

東京の水道は、明治二十二年に計画され、明治三十一年に完成したのだが、そのおり問題になったのは、内地製の鉄管を使うか、外国のものを使うかであった。

栄一は外国のものを使うよう主張した。ところが、東京市の水道工事を機に会社を作って、ひともうけしようとたくらんでいる連中がいた。その者たちにとっては、外国製を使われては元も子もない。そこで、栄一を抱きこもうとして、やってきた。

栄一はかれらに向かって、

「鉄管会社を作ろうとするなら、まず技師、職工の養成からかかるべきで、きみたちのように東京市が水道をひくからそれに便乗して会社を建てようというのでは、あまりに利に走りすぎる。そんなことで外国製品と競争しようと思っても、できるものではない。また、自分は市参事で、鉄管を買い入れる立場にある。その者が鉄管を売りこむ会社に関係することはできない」

と、すげなく断わった。

断わられた連中は、外国製品を使われてはたまらないので、

「渋沢は外国からコミッションをとって、わざわざ高い鉄管を買おうとしている。かれは売国奴だ」

と騒ぎだし、壮士をさしむけてきたのである。

その壮士をあやつったのは、遠武秀行《とおたけひでゆき》であろうといううわさが流れた。

遠武はもと海軍大佐で、栄一とも面識があった。たまたま襲われる数日まえ、ふたりは会い、大いに議論し、ついにけんか別れとなった。それで、遠武が壮士を雇って襲わせたのだということになったのである。

このままでは遠武の信用は落ち、実業界では立つことができなくなるので、栄一は遠武を呼んで談笑し、遠武が張本人ではないことを世間に知らせてやった。

かれを襲ったふたりの暴漢は、それぞれ罪を得、ひとりは獄死し、ひとりはそれから七、八年たって出てきたが、だれも相手にする者がない。栄一は商売の資本にでもといって、いくらかの金を送った。

その男は感泣して、わざわざ屋敷へたずねてくると、

「じつはあのとき……」

と、語ろうとした。栄一はさえぎって、

「きみは警察の取り調べにも、黙して語らなかったというではないか。いまここでその話を聞いても、わたしは不快になるばかりで、なんの得もない。その話はいっさい控えてほしい」

と、さとした。

栄一がこんなあぶないめに会ってまで反対しつづけてきたことであったが、ついに市会では内地製を使うことになった。

鋳鉄会社が創立され、工場を新築して鉄管の製造をはじめ、東京市に納入したが、不良品が多くて期限までに完納することができない。困りはてた会社は、夜中に不合格品と合格品をすり替えて、帳じりを合わしていた。

それればかりか、疑獄事件まで起こり、会社の役員はすべて拘留され、いったん埋めた鉄

管をまた掘り返して外国製品に取り替えるという醜態を演じ、ごうごうたる世人の非難をあびたのであった。

日本経済のフロンティア（開拓者）である栄一には、いつでも開拓者としての悩みがつきまとった。

つねにかれはそのトップを走りつづけるランナーである。

かれが挫折《ざせつ》することは、日本の経済が大きく後退することである。だから、失敗は許されない。

しかし、事業はそんなに簡単に成功するものではない。いつでもかれは忍従をしいられ、そしてよく耐えしのんだ。

明治維新前には、燈火としては行燈《あんどん》やローソクが用いられていた。維新後はじめてランプが輸入され、ガス灯が紹介された。ガス灯が点火されて世人を驚かしたのは、明治五年九月のことであった。

高島嘉右衛門《かえもん》の経営する横浜ガス会社が、明治三年に許可をえて、横浜の大江橋から馬車道本町に至る間に街灯を建設し、二年後に完成したのである。

人々はその明るさに驚いた。

八年五月四日、天皇は有栖川宮《ありすがわのみや》邸へ臨幸あそばされた。宮邸では大きな袋にガスをつめ、玉座の近くにガス灯を点火して天皇にお目にかけた。天皇はことのほか珍しがられ、ガスの残っている袋をお持ち帰りになったと伝えられている。

栄一はさきにパリにいるときこのガス灯を見て知っているので、その事業の有望なことを知っていた。

たまたま東京府知事の由利公正《ゆりきみまさ》が、ガスの機械を英国から輸入した。それが日本に着いたとき、かれは外遊していたので、機械はそのまま顧みられずうち捨てられていた。それを知った高島嘉右衛門が、これを利用して、東京市内にガス灯を建てようとした。ところが、東京会議所でも同じ計画を立てて、府庁に願い出ていた。そこで、府庁では東京会議所に権利をあたえることにした。このとき栄一は会議所の会頭であったので、ガス事業に手をそめることになったのである。

ところが、世人はガス灯の明るさには驚いたが、室内で使うには明るすぎるといって、用いようとしない。時代に先んじるフロンティアの悩みである。栄一の理想と時代の要求との間には、大きな隔たりがあったのである。

しかも、電気が発明され、欧米ではガスよりむしろ電気のほうが便利がられているという。そこで、民営にしようという声が高くなった。

ガス局に石炭をおさめていた浅野総一郎は、これを知ると、府議に手をまわして自分に払いさげてくれるように頼んだ。それがほぼ成功したので、かねて懇意であった栄一のところへやってきて、

「わたしと共同して、払いさげてもらおうじゃありませんか」

と、持ちかけた。栄一は憤然として、

「これまでこの経営のために、ガス局は多くの金を使っている。これは東京市民の金で、東京市民に返さなければならぬものである。それをただ同様の捨て値で払いさげるわけにはいかない。

府議たちはガスが電気に圧迫されると悲観しているが、これは有望な仕事で、必ず将来性がある。ただ、その経営を府が行なったほうがいいか、民間の会社に任したほうがいいか、それは考えなければならない。

ただ、いま経営不振だから民間にゆだねるとなると、ただ同様の捨て値で払いさげねばならぬことになる。それでは市民の金をむだづかいしたことになる。ちゃんと経営がなりたつようにし、これまで使った金を回収し、そのうえ正当な値段で払いさげるというのなら、払いさげてもいい。とにかく、いまはその時期ではない」

と、断わった。

そこから栄一はこの事業に打ちこみ、ようやく黒字を出すようになった。そこではじめて府知事に、これを手離すことをすすめた。いまならば損をしないで売ることができる。府知事も賛成したので、東京ガス会社という社名の会社を興し、さきにその払いさげを願った浅野総一郎、大倉喜八郎などを委員にし、栄一は選ばれて委員長となった。

そのころ、会社の経営や技術上のことは、すべてフランス人のベレンゲレンが受け持っていた。栄一は早く日本人の手で経営するようになりたいと思い、東京大学の加藤総長に相談した。

総長に紹介された理学士、所谷英明は、やって来ると、

「加藤総長のご推薦で、ガス局にはいれということですが、聞くところによりますと、近くガス局は民間の経営に移されるそうでして、それではわたしの希望に反します」

栄一は黙って聞いていた。

「わたしが大学に学んだのは、官吏たらんがためです。せっかく大学を卒業して、名誉も地位もない民間事業に従うなど思いもよらぬことで、とうていがまんができません。せっかくですが、お断わりしたいと思います」

「きみの考えはまちがっているようだ」

栄一は説いた。

「きみのいうところによると、官には名誉があるけど、民間の事業には名誉がない。地位がない。大学に学んだのは官吏になるためであるという。

しかし、わたしはそうは思わない。大学に学んだのは学問をするためであって、その得たものをどこで発揮するかがたいせつなのであって、たしかにきみのいうように、官尊民卑の思想は今も残っている。しかし、それを打破することこそ、きみたち青年の役目ではないのかね。

自分のことをいうのは気がひけるが、わたしはそういう思想に反対するために、大蔵省をやめて民間にはいったのだ。これから民間の事業を大いに興さなければならぬとき、若い人がみなきみのような考え方では、日本の事業はいつまでも発展しないことになる」

と説いたが、所谷は煮えきらない態度で帰っていった。

栄一は、加藤総長をたずね、

「先日所谷君をご推薦いただき、採用するつもりでいたところ、本人がどうも望まぬようで、望まぬものをむりにとはいわんが、その望まぬ理由というのが、商工業者の地位が官吏より低いからいやだということで、このままでは国家のために寒心に耐えぬと思います」

「事実そのとおりで、学生の間にはそういう風潮があります。ご存じのように、書生、書生とバカにするな、末は参議か大臣かという俗謡もあるくらいでして、われわれも憂慮しています。

それに、ひとつには学生に商工業のことがわかっていないためで、商工業は商人だと思っている。どうでしょう、ひとつ講壇に立って、商工業の実態を学生に説明してくれませんか」

「わたしは講義するほどの学識もありませんし……」

「お忙しいのはわかっていますが、学生の将来のためご無理をお願いしたいと思います。学識がないとけんそんされますが、あなたほどの経験と経歴を備えている人はいません。ぜひ願いたいものです」

ヤブヘビという形になって、栄一はとうとう大学の教壇に立つことになり、『日本財政論』を受け持った。

ガス事業に従い、栄一を助けてきた工学博士、高松豊吉《とよきち》は、つぎのように述べている。

「わたしがガス会社に勤めたころは、事務に慣れていないので、重役たちと折り合いの悪いこともありましたが、渋沢さんが目をかけてくださったので、ガス事業に骨を埋めようと思い、大学の教え子を四人ばかり入社させ、技術方面の仕事をまかせ、わたしは経営のほうで努力しているうちに日露戦争がはじまりました。

船舶がすべて御用船となったため、北海道から石炭を運ぶことができず、ずいぶん苦労したものですが、東京市内におけるガスの需要は年々増加して、風月堂がパンを焼くためとか、砲兵工廠《こうしょう》の下請けをやっている工場でガス・エンジンをすえつけるためとか、また灯火用も需要が激増して、会社の景気はよくなり、一割五分の配当をするようになり、十年間に十倍の発展を見るようになったのです」

高松博士は応用化学の権威で、工科大学教授であったのを栄一が引き抜いたもので、栄一がガス会社から身をひいたのち、同社の社長となった人である。

飛鳥山に栄一は別荘を構え「曖依《あいい》村荘《そんそう》」と名づけた。

その地所は九千坪もあって、崖《がけ》には自然の湧水《ゆうすい》が滝を落としていた。かれはそこに広大な家を建てて、海外の名士を招待したり、園遊会を開いたりしていた。

初めのうちは東京郊外の田園風景を楽しむことができた。高台の庭から見おろすと、ずっとはるかまでたんぼで、遠い森、または豊《と》島川《しまがわ》の白帆を見ることができた。

が、そのうち王子にある王子製紙の煙突から吐き出される煤煙《ばいえん》で、庭の松や梅は枯れ、たびは一日でまっくろになってしまった。家の者が不平をこぼすと、

「どうもわしが建てた会社だから、文句はいえんね」

と、栄一は笑った。

この製紙会社には、さすがの栄一も手をやいていた。

わざわざアメリカから技師をよんであたらせたのに、煙突から煙を吐いていても、まるで製品ができないのである。

栄一は技師をよんで、

「機械は最新式の優秀品であるし、原料も薬品もすべてきみのいうとおりのものをそろえているのに、このありさまでは、きみを信頼して事業を経営していくことはできない」

と、強く言い渡した。

技師もこの一喝《いっかつ》で本気になったものとみえ、ようやく製品ができるようになったが、粗悪品なので、高く売ることができない。赤字つづきで株主から文句が出る。

そんな赤字の会社などやめてしまえばいちばん簡単なのだが、将来、需要の伸びることはわかりきっている産業だけに、見捨てたくない。栄一は三井の中上川彦次郎《なかみがわひこじろう》に相談した。

栄一が窮地に立っていることを知った中上川は、王子製紙を乗っとろうと考えた。そこで、かれは金を出すかわりに専務をひとり三井から入れてほしいと提案した。

「けっこうです。それでだれをわが社にくれます?」

「そうですね。岩下清周《きよちか》か、藤山《ふじやま》雷太でしょうな」

「どちらでもけっこうです」

藤山雷太が王子製紙へ行くことになった。中上川は藤山を呼んで、

「きみは王子を乗っ取りに行くのだから、かれらから懐柔されてはならぬ。しっかりやってくれ」

と、励ました。藤山はまだ若かったので、勇躍してとびこんでいった。

王子製紙の実権を握っていたのは、栄一の直系である大川平三郎であったが、藤山はことごとく大川と対立した。もともとこの会社を乗っ取ろうと考えているのだから、うまくいくわけがない。

藤山は手をまわして王子の株を買いあさり、ついに栄一と大川を王子から追い出してしまった。

そのおり、藤山は、

「渋沢さん、あなたは手をひいてください」

と、はっきり引導を渡したのである。栄一ははじめて三井の魔手に気がついた。泣いてくやしがる大川に、

「まあいいよ、大川君。われわれは株主から頼まれて業務の経営をやっているだけだ。金は三井が出している。

他人の金で事業をやっている以上、その人が経営を任せたくないと思ったら、身をひくよりしかたがないじゃないか。三井が自分でやりたいというのなら、やらせるさ」

と、あっさりしたものであった。

そして、仇敵《きゅうてき》であるはずの藤山雷太を、のちになって助けているのである。


遠州・森町（森の石松の生まれたところ）に、鈴木藤三郎《すずきとうざぶろう》という天才がいた。

そのころ、わが国で作られていた砂糖は、すべて精製されていない黒砂糖で、すこし高級な氷砂糖や白砂糖はすべて、外国からの輸入品であった。

かれは菓子箱をかついで行商に出ていたが、その行く先々の菓子屋で、めずらしい菓子を見かけると、手にとって割ってみて、その製法を調べた。

それで、

「どうも藤さんがくると、店の菓子をわられるのでこまる」

と、菓子屋はよくこぼした。

なんとかかれは氷砂糖や白砂糖を作ってみたいと考えるようになった。

氷砂糖を製造している家は、東京と大阪に一軒ずつあるが、その製法は秘密にしていて、絶対に他人に教えないという。

そんなふうに秘密にして作られる氷砂糖は、ごく粗末なもので、藤三郎の考えるようなまっしろいものではない。

手をつくして捜してみたが、砂糖の製法を書いた本は見あたらない。

あるとき、近所に大阪の菓子職人が来ているということを聞き、さっそく飛んでいった。

「わたしは氷砂糖を製造したいと思って、いろいろやってみましたが、まだ見当さえつかなくて、弱っています。あなたは大阪にいらしたのですから、ひょっとして、その作り方をご存じではありませんか」

相手はあきれて、

「あなたはとんでもないことをいう人だ。わたしがそれを知っていたら、こんな職人などしていませんよ。

こんないなかで、そんなこと考えたって、できっこありませんよ。そんなむだなことを考えているくらいなら、まあ昼寝でもしてるんだね」

だが、かれはあきらめなかった。

くる日もくる日も蜜《みつ》を煮つめて、失敗ばかりしている。いつか三年経ち、二十八歳になった。

その年の十月に、二宮金次郎の二十七回忌が今市宿で営まれるので、かれは参拝した。

その夜、稲屋という宿に泊まり、眠っていると、隣室から何かしきりに話している声が聞こえる。

聞くともなく聞いていると、それは化学の話で、しかも、日ごろかれが知りたいと思っていた結晶の学理を、ひとりが相手に向かって熱心に説き聞かせているのである。

息をこらし、耳をそばだてて聞いているうちに、自分の今までのやり方はまったく学理に反していることを知った。

うちへ帰ってくると、さっそく新たな製造を始めたが、どうもうまくいかない。

かれは東京へ出てくると、工科大学に石川という人をたずね、自分がこれまで氷砂糖について研究したことを話し、それに対する意見を聞かしてもらいたいと頼むと、石川は驚いた。

「この大学でも、そんなに深く研究している人はいませんよ」

かれは森町へ帰ってきた。

見ると、自分が東京へ行っている間に、これだけはやっていてほしいと頼んでいったことも投げ出されていて、だれもめんどうをみてくれていない。

「おれがこんなに長い間、命まで打ち込んで研究していることがわからないのかな」

気をとり直し、せんべいがいっぱいはいっている箱が二つ三つ上に積んであるのをとり

のけ、置きっぱなしにされていた氷砂糖製造器のふたをあけてみたかれは、

「ああ！」

と、狂ったように叫んだのである。

そこに、かれは純白の結晶を見たのである。——氷砂糖。

しかし、なぜ結晶したのだろう？

「おとうさん、なにか心当たりはありませんか」

養父にたずねてみると、

「そうじゃのう」

と、いかにも不思議げに、

「みんなは、どうじゃ」

と、養母と藤三郎の妻のほうを見る。ふたりとも「ふしぎですね」というばかり。

「それじゃ、だれかわたしのるす中に来て、この箱のなかへ薬かなにかを入れたというようなことはありませんでしたか？」

養父は、とんでもないという顔で、

「なんの、そんなことがあろうものか。——今になって、おまえにはすまなかった気がするが、なにしろおまえが氷砂糖の研究をはじめて六、七年にもなるのになんの効もないも

のだから、わしも、うちの者も、おまえがいなければ氷砂糖のことなんか忘れてしまって……おまえが東京へ立つときにいろいろ言いつけていったが、あんなものはしかたがないと思って、せんべい箱の下にしたまま、きょうまでだれもさわってみた者はなかった」

「ほんとにね」

と、養母もあいづちをうって、

「わたしらも、おまえから頼まれていたので、気にはかかっていたけど、なにしろ今月はお祭りの月だからね。ほうぼうから菓子の注文に追われて、おまえが出かけるときからこの二、三日まえまで、かまどを夜昼なしにたきつづけて、寝る暇もなかったからね」

「そうですか」

養母の話を聞いていた藤三郎の頭に、ふとあることが浮かんだ。

それは、氷砂糖製造機を上においたかまどを、夜昼なくたきつづけたということと、さらに容器の上にせんべい箱のような重いものをずっと積んでおいたということである。

これはひょっとすると、容器の上に重い石をのせて堅く閉じ、十数日間煮つめたら、糖液が結晶するのかもしれない。

これまでは熱心さのあまり、一日のうち何度もふたをあけてのぞいていた。あれがいけなかったのだ。

「そうだ、それにちがいない」

世の中というものは、なにがさいわいになるかわからない。家の者が自分の言いつけどおりにしていたら、結晶を見ることはできなかったにちがいない。かれの研究をきらって、家の者がなげ捨てておいたのがさいわいしたのである。

その日から、ふたたび新しい糖液をいれた容器をかまどの上にのせ、十数日たきつづけ、二、三日さましてあけてみると、まえよりさらにりっぱな氷砂糖ができていた。

その後、かれは白砂糖を作ることにも成功した（生涯のうちにかれは機械、醤油などの分野に、百五十九件の特許をとっている）。

日清戦争の末、台湾がわが国のものになると、これから砂糖事業がよくなるだろうというので、小さな会社が続出した。

藤三郎は助力を請うために、栄一に会いにきた。

栄一は、だれとでも会う。別に紹介状などいらない。だから、朝早くから面会人がおおぜい来て待っている。

ソファに身をしずめて、栄一は藤三郎の話を聞いた。

「お生まれになったのは、どこです」

「はい。遠州、森町です」

「はじめから、砂糖のほうをやっていましたか?」

「いいえ、若いころは菓子屋をやっていました」

「学校は?」

「はい。学校の教育はうけていません。寺小屋へ通ったのと、一年たらず夜学に通っただけです」

栄一は、しばらく考えていた。

「二、三年まえ、わたしの甥《おい》にガラスびんの製造を熱心に研究している者がいまして、なかなかうまくできるようになって、相当な事業になるだろうと思い、金を出してやりましたが、じきにだめになってしまいました。

発明をする才能と、事業を経営する才能は、まったく別物なのです。

製糖事業は、わたしもぜひわが国に必要な事業だと考えて、いろいろ学者に聞いてみましたが、ひとりもはっきりしたことのいえる人はいません。

わたしは、この事業は、なかなか普通の学問ぐらいではやれないことだと思っています。

あなたがそのほうの学問を深く知らず、大きくやろうというのは、すこし無理ではありませんか」

藤三郎は、すっかり失望してしまった。

もし、栄一の賛意を得たら、これからかれの作る会社、日本製糖にかれの名まえを借りたいと思ってやって来たのである。

こうして、ふたりの会見は、物別れとなった。が、運命というものは皮肉なもので、藤三郎が日糖の社長をやめたあと、栄一が取締役となって、その再建に努力することになるのである。

藤三郎は資本金三十万円で日本製糖という会社を作り、その後とんとん拍子で、十年後には資本金四百万円にまで成長した。するとお家騒動が起こり、少数派の藤三郎たちは退陣せざるをえなくなった。

栄一が指摘したように、藤三郎はすぐれた発明家であったが、すぐれた経営者にはなりえなかったのである。

日本製糖は大阪の会社と合併し、資本金千二百万円の大日本製糖が誕生し、栄一は取締役となった。

しかし、その後もガタガタが続き、百七十円の高値をつけていた株が、たったの十三円になってしまった。

この会社を建て直すために、栄一の選んだのは、藤山雷太である。自分を王子製紙から追い出した憎い敵であるが、かれは藤山の才能を見こんでいた。

池田成彬《しげあき》氏は『故人今人』で、つぎのように述べている。

「藤山もこれという仕事のなくなっていたときに、大日本製糖問題が起こってきて、渋沢に拾われた。

渋沢という人は、そういうところは偉いね。わたしはいつもあの人に感心するのは、中上川の命令とはいいながら、『あなたがいてはだめだから、引っこみなさい』と使いに立ったのは藤山で、その藤山を渋沢さんが、大日本製糖の整理にひっぱりだしたのですから、ちょっと普通人にはできないことですよ」

藤山は社長を引き受けて帰ってくると、眠っている長男（愛一郎氏、このとき十三歳）をゆり起こし、

「渋沢子爵のご推薦で、自分は大日本製糖という会社の整理をやらなければならなくなった。

はたしてうまく整理できるかどうか、自分でも大いに疑いをもっている。

また、自分の友人たちも、こぞって反対している。てかて、長年恩顧を被った渋沢子爵のご推薦であり、自分はいま一身の利害を顧みる暇もなく、この仕事に従事しなければならない。

それであるから、おれはきょうその決心をしてきた。そうして、会社の総会で社長になった。この会社に身を投じる以上は、藤山一家のすべてが、自分の力と、すべてのものを提供してやっていかねばならぬ。おまえは跡取りとして、あるいは自分がこの仕事に失敗すれば路頭に迷うようなことがあるかもしれんことを覚悟しておいてもらいたい」

と、その決意をのべている。かれも背水の陣をひかねばならぬほど、会社の内容はガタガタになっていたのである。

しかも、ひきつづいて疑獄事件が起こった。世間では日糖を「伏魔殿《ふくまでん》」といって攻撃した。その当時のことを、栄一はつぎのように述べている。

「世間では、わたしが世間の信用を濫用して、みだりに多くの営利事業に顔を出すという て攻撃する者もあるようであるけど、それはじつに酷薄なしうちである。

渋沢が経営し、渋沢が相談役になっているから、たとえ不正なことがあっても渋沢がどうかしてくれるだろうと依頼心を持つのは、その人の心得違いである。

その心得違いを責めずに、ただ、渋沢が関係しているのが悪いといって攻撃するのは、じつに残忍なしうちといわなければならぬ。

わたしは相談役になれといわれれば承諾する。社長を推薦せよといえば推薦もする。しかし、相談役ぐらいのものに、そんな些細《ささい》な点までわかると思うのがべらぼうだ。自分のつごうのいいときばかりひっぱりだしておいて、まちがいが起こると、渋沢それみろ、といって詰問する。大きなお世話だ。バカをいうな、といいたくなる。あるいは、わたしがやったればこそ、まだその害が少ないのかもしれない」

かれには珍しく激越な文章である。そして、かれは多くの関係事業から手をひいてしまった。

かれの関係していた会社は、

取締役会長
東京瓦斯《ガス》　東京石川島造船所　東京人造肥料会社　帝国ホテル　東京製鋼会社　東京帽子会社　日本煉瓦《れんが》製造会社　磐城《いわき》炭鉱会社　三重紡績会社　日韓瓦斯《ガス》会社

取締役
大日本麦酒《ビール》会社　日本郵船会社　東京海上保険会社　高等演芸場　日清汽船会社　東明火災保険会社

監査役
日本興業銀行　十勝《とかち》開墾会社　浅野セメント会社　冲商会　汽車製造会社

相談役

北越鉄道会社　大阪紡績会社　浦賀船渠《ドック》会社　京都織物会社　広島水力電気会社　函館船渠会社　日本醋酸《さくさん》製造会社　小樽《おたる》木材会社　中央製紙会社　東亜製粉会社　日英銀行　萬歳生命保険会社　名古屋瓦斯会社　営口水道電気会社　明治製糖会社　京都電気会社　東海倉庫会社　東京毛織会社　大日本塩業会社　日清生命保険会社　品川白煉瓦会社　韓国倉庫会社　日本皮革会社　木曽《きそ》興業会社　帝国ヘット会社　二十銀行　大日本遠洋漁業会社　帝国商業銀行　七十七銀行

顧問

日本醤油《しょうゆ》会社　石狩石炭会社　東洋硝子《ガラス》会社

京釜《けいふ》鉄道会社清算人　日清火災保険会社創立委員長　大船渡築港会社創立委員　東武煉瓦会社創立委員長　日英水力会社創立委員　韓国興業会社監督

すばらしいエネルギーである。

このうちのどれひとつをとってみても、その社長ともなれば成功者のひとりとして数えられよう。栄一はその社長の首を自由にすげ替えることのできる立場にいたのである。人々はかれを財界の大御所と呼んだ。

そうした重要な会社の地位を捨てても、まだかれには第一銀行をはじめ、多くの栄職が残っていたが、七十七歳のおり、すべてから隠退してしまった。

日本の実業界の上に照っていた太陽は、西山に傾いたのである。そして、この落日を、扇をもって呼び返すほどの傑物は、実業界にはいなかった。

本書は、小社で１９７２年9月に刊行した新書判を新装復刊したものです。
本文中には、今日的観点からみると差別的、不適切な表現がありますが、作品の発表当時の時代的背景、作品自体の持つ文学性、また著者が故人であるという事情を鑑み、底本の通りとしました。

（編集部）

著者　プロフィール

1910年　香川県生まれ。早大卒。昭和24年に再開された第22回直木賞を美しき海女を幻想的に描いた名作短篇『海の廃園』で受賞。以後、着実に大衆文壇にその地位を築いた。『桃太郎船長武勇伝』『トッコ忍術漫遊記』にみられる奇想天外なストーリーのおもしろさには類を見ないものがある。1983年没。

伝《でん》記《き》小《しょう》説《せつ》　渋《しぶ》沢《さわ》栄《えい》一《いち》

財界のフロンティア

2019年12月20日　新装復刊第一刷発行

著者　山田克郎

発行者　伊藤良則

発行所　株式会社春陽堂書店

〒104-0061

東京都中央区銀座3-10-9　KEC銀座ビル

電話　03-6264-0855(代)

カバーデザイン　後藤勉

印刷・製本　ラン印刷社

ISBN978-4-394-90365-9 C0093